진보와 보수가 본 평화통일

"한반도의 미래상은 한 체제로의 통합인가, 두 체제의 공존인가?"

진보와 보수가 본
평화통일

차종환 박사(한미 교육연구원 원장)
에드워드 구·박상준·장병우 편저

도서출판 사사연

머리말

평화는 미래에 대한 꿈과 희망을 키워갈 수 있는 삶의 필수적 요건이다. 분단은 평화롭고 안전한 삶을 위협할 뿐 아니라, 행복한 삶을 방해한다. 우리는 지금보다 더 평화롭고 행복한 삶을 위해 분단 상태를 극복해야 한다. 분단 상태를 극복한다는 것은 하나의 체제로 통일하는 과정일 수도 있고, 두 개의 체제에서 평화롭게 공존하는 것일 수도 있다. 중요한 것은 결과가 아닌 과정이며, 무엇보다 그 과정에서 국민이 주체가되어야 한다.

평화와 통일은 모든 국민의 소망이자 바람이지만 대북·통일정책에 대한 국민의 생각은 양극단에서 서로간의 공감대를 찾지 못한 채 헤매고 있다. 협력과 연대는 오간데 없이, 남북 간 분단도 모자라 '남남갈등'이라는 용어가 일상이 되어버린 오늘을 마주하고 있다.

통일에 대해 진보와 보수가 생각이 다를 수 있고, 방법론이 다를 수있다. 그러나 그것이 서로를 배제하고, 대화하지 못할 이유가 될 수는 없다. 흔들리언정 우리가 가는 방향은 일관되게 평화와 번영의 길이어야 한다. 대화를 통해 차이점을 벌이기보다 같은 점을 찾아 넓혀가는 것이 필요하다. 나만 옳다는 독선이 아니라 당신의 생각도 일리가 있다며최소 공감대를 만들어가는 노력이 필요하다.

휴전선이 남북을 단절시키는 경계라면, 진영과 정파의 논리는 우리

사회를 갈라 놓은 경계이다. 갈수록 깊어지는 불신 때문에 국가 전체가 병들어가고, 국민들의 마음은 황폐해지고 있다. 뜻 있는 분들이 늘 걱정한다. 한반도 통일을 달성하려면 우선 남남갈등을 해소하고 국민적 에너지를 하나로 모아야 한다.

평화·통일 비전을 위한 사회적 대화는 반드시 범 국민운동으로 확산되고 발전해 나가야 한다. 온 국민이 대화를 통해 오해와 갈등을 풀고 평화통일의 한 길에서 하나가 되기를 소망한다. 냉전의 끝에 홀로 남은 대한민국에 평화의 바람이 불고 있다. 한반도 비핵화를 통한 남북한 평화통일의 흐름은 이제 거스를 수 없는 대세이다. 따라서 우리는 한반도 평화 구축을 위해 낡은 진영논리를 극복해야 한다. 민족의 염원인 통일을 위해 국론을 하나로 모아 전진해야 한다.

한반도에 평화의 시대가 성큼성큼 다가오고 있다. 이제 북한을 보는 시각이 달라져야 한다. 의심과 회의론을 거두고, 평화와 통일의 시대를 준비할 때이다. 본서에서는 평화 통일에 관한 내용 중 보수와 진보간에 의견이 대립될 수 있는 주제를 주로 모아 보았다. 내용은 본서 뒤에 나오는 참고 및 인용문헌을 인용했음을 밝힌다. 보수와 진보는 자주 만나 대화를 해야 한다. 만나야 소통이 되고 다름이 같음이 된다. 틀림의 시각을 벗어나야 한다.

본서 집필의 아이디어는 통일 협약 시민추진위원회의 "평화와 통일을 위한 사회적 대화"에서 얻었다. 본서가 평화통일을 원하는 사람들에게 조금이나마 도움이 되었으면 한다. 또한 본서 내용을 편집하는데 많은 도움을 주신 한미교육연구원 이사님께 감사드린다.

출판계의 어려운 여건속에서도 출판에 뜻을 같이 하여주신 도서출판 사사연 장삼기사장님께 감사드립니다.

2020년

편 저자 일동

CONTENTS

CONTENTS

2편 통일에 대한 보수 및 진보의 견해

CONTENTS

CONTENTS

1편

통일에 대한 진보와 보수의 견해

1장

진보와 보수가 북한을 보는 시각

"북한은 적대와 극복의 대상인가, 존중과 협력의 대상인가?"

남한과 북한은 분단을 계기로 서로 다른 체제를 형성해왔으며, 한국전쟁 이후 휴전상태를 지속하고 있는 교전당사자들이기도 하다. 남한과 북한의 헌법은 모두 스스로를 한반도의 유일한 합법정부라고 자임하고 있다.

하지만 남북관계에는 다른 측면도 있다. 남북은 1972년 7.4 남북공동성명에 합의한 이래, 자주·평화·민족대단결에 기초한 통일을 천명해왔으며, 1991년에는 남북기본합의서를 채택하여 화해 협력과 불가침을 약속했다. 또한 유엔 동시가입을 통해, 국제사회에 두 대의 국가임을 천명하기도 했다.

1-1 북한은 적대와 극복의 대상이다

분단 70년 동안 남과 북은 적대적 경쟁관계속에서 군사적 긴장을 지속해 왔다. 북한은 끊임없이 군사적 도발을 해왔으며, 무엇보다 북한의 헌법은 남한에 대한 무력 통일을 지향한다고 명확하게 밝히고 있다. 이러한 위협이 존재하는 한 북한에 대한 긴장을 늦춰서는 안된다. 또한, 북한은 주민의 기본권을 보장하지 않는 불안정한 비정상국가(Rogue State, Outlaw State)이다. 현실적 인식에 기반하지 않은 무조건적 신뢰는 도리어 남북관계의 진전을 가로막을 수 있다.

1) 대화와 협력이 시도되지만 다른 한편에서는 적대관계도 지속되어 왔다.

남북 정부 간에는 그동안 평화와 통일을 위한 노력과 합의가 수차례 있었다. 하지만, 공들인 노력에도 불구하고 합의는 제대로 지켜지지 않았고, 휴전선을 사이에 두고 국지적인 군사 분쟁이 끊이지 않았다. 한편에서는 평화와 교류협력이 논의되어 왔지만 다른 한 편에서는 적대관계도 지속되어 왔다.

2) 남한 헌법과 북한 노동당 규약은 서로에 대한 극복을 명시하고 있다.

대한민국 헌법 제 4조는 "대한민국은 통일을 지향하며, 자유민주적 기본질서에 입각한 평화적 통일 정책을 수립하고 이를 추진한다"고 명시하고 있다.

북한의 조선노동당 규약은 "조선로동당의 당면목적은 공화국 북반부에서 사회주의 강성대국을 건설하며 전국적 범위에서 민족해방민주주의 혁명의 과업을 수행하는데 있다"고 명시하고 있다. 남북 간에는 서로 이념이 다르고, 지향하는 사회체제가 다르기 때문에 서로를 극복대상으로 삼는 것은 불가피 하다. 우리가 극복의 대상으로 여기지 않는다 해도 북한이 우리를 극복의 대상으로 삼는 한 공존을 기대할 수 없다.

3) 북한은 불안정한 비정상국가이므로 긴장을 늦출 수 없다.

북한이 비정상국가로 남아 있는 한, 평화도 통일도 기대하기 어렵다. 북한이 주민의 기본권을 보장하고 국제 사회가 납득할 수 있는 수준의 정상국가로 거듭나도록 요구하고 때로는 압박해야 한다. 또한 북한이 한반도의 비핵화와 개혁개방을 향한 진정성 있는 노력을 보여줄 때까지 경계를 늦추지 말아야 하며, 최대의 압박을 지속해야 한다.

4) 남북관계는 냉정한 현실인식에 기초해야 한다.

평화와 통일을 실질적으로 앞당기기 위해서는 너무 분위기에 취해서는 안 된다. 북한은 경계와 극복의 대상이라는 사실을 정확히 인식하고 상호주의에 입각하여 신뢰와 변화를 쌓아가는 과정이 필요하다.

상호주의 : 국제관계에서 상호주의란 국가 혹은 외교 행위자 간에 같은 수준의 말이나 행동을 엄격히 일대일(1:1)로 교환하는 것을 의미한다.

비정상국가 (Rogue State, Outlaw State) : 국제사회가 정상국가로 인정하지 않는 나라가 비정상국가다.

1-2 / 북한은 존중과 협력의 대상이다

대결과 적대를 통해 남북관계의 진전을 이룬 적은 거의 없었다. 때로는 북한이 우리에게 위협이 된 것도 사실이지만, 결국 위기의 해결책은 서로 존중하고 협력하는 자세를 보일 때 마련된다. 남북정상 간의 공식적인 합의들은 보수. 진보 정권을 막론하고 존중과 협력에 기초하고 있다. 북한을 곧 붕괴할 불량국가로 간주하고 힘으로 제압하려 할수록 남북관계는 악화됐고, 그로 인한 고통은 고스란히 남과 북 주민들의 몫이다.

1) 적대와 불신은 갈등과 위기를 불러왔을 뿐이다.

지구촌에서 냉전이 끝난 지 이미 한 세대가 지났지만, 한반도에서는 군사대결과 갈등이 계속되어 왔다. 힘의 우위를 앞세워 북한을 굴복시키고, 북한의 변화를 강제하려는 정책은 실패했다. 북한에 대한 군사적 압박과 대결은 매우 현실적인 안보정책처럼 보였지만 핵개발이라는 악순환을 가져왔다.

2) 해결책과 돌파구는 존중과 협력이다.

북한 핵 문제가 악화된 시기를 살펴보면, 대북정책이 주로 대결과 압박에 맞추어졌을 때였다. 반면, 대화와 협상이 진행되는 동안에는 북한의 핵개발이 중단되거나 최소한 약화되었다. 최근의 남북, 북미 간 협상도 북한체제를 존중하고 한반도에 평화체제를 형성하는 대신 북한의 핵무기 프로그램을 완전히 폐기하도록 설득하는 방향으로 진행되고 있다.

3) 북한에 대한 존중과 협력은 북한의 위협을 줄이는 데 기여한다.

북한이 한국전쟁을 일으킨 당사자이고 여전히 남한을 혁명의 대상으로 본다는 이유 때문에 북한과 적대관계를 지속한다면, 남북관계는 앞으로 나아갈 수 없다. 이제 남한의 경제력은 북한의 50배에 이르고, 남한의 1년 군사비는 북한의 1년 국내총생산액을 능가하고 있다. 북한이 실제 추구하는 것은 적화통일이 아니다. 남한에 의한 흡수통일 가능성으로부터 체제안전을 도모하고 경제를 재건하는 것이다. 북한에 대한 존중과 협력은 결과적으로 북한으로부터의 위협을 줄이는 데 기여할 것이다. 반면, 군사적 압박을 지속할 경우 북한은 보다 싸고 파괴력 높은 무기에 집착하게 될 것이다.

4) 북한을 '불량국가'로 규정하고 개조해야 한다는 생각은 매우 위험하다.

남한은 '정상국가', 북한은 '불량국가'라고 규정하고 접근하면, 우월주의에 사로잡혀 남북관계를 크게 악화시킬 수 있다. 미국의 이라크 정책 실패가 그 대표적인 사례이다. 2003년 당시 미국과 연합국들은 이라크를 '불량국가'로 규정하고, 후세인 정권만 제거하면 이라크 시민들의 지지 속에서 민주국가를 재건할 수 있으리라고 착각했다. 그러나 이라크는 곧 내전에 빠져 들었고, 미국은 불명예스럽게 후퇴해야 했다. 그 후 이라크에는 민주주의 대신 이슬람 국가 같은 무장집단이 득세하고 말았다. 이로 인해 수많은 이라크 국민들은 지금까지 고통 받고 있다.

1-3 / 북한은 대화의 대상이요 같이 살아야 할 같은 민족

남북 대화는 지속되다가 중단되고 있다. 남한 정권의 대통령 대북관에 의해 대화가 지속되고 합의 사항이 도출되기도 했다. 이런 합의 사항이 정권에 따라 대통령 통일관에 따라 환경이 달라진다. 합의 사항이 국제관계 때문에 진전이 늦어지기도 했다. 건국 후 북진통일로 통일하자는 정권도 있었고 반공을 국시로 여기면서 대화를 중단하는 경우도 있었다. 어려운 문을 일부 열어 놓은 정권도 있었고 열려 놓은 문을 닫아버리는 정권도 있었다. 북은 언젠가는 같이 살아야 할 대상이기에 대화의 문은 열려 있어야 한다.

1-4 / 북한에 대한 총체적 무지

남과 북은 엄연히 상호작용의 관계에 있다. '옳고 그름'의 이분법적 흑백논리로 치환할 수 없는 대등한 관계와 구조다. 우리 사회 내부적으로는 북한을 부정하고 폄훼할 수 있지만 공식적인 대화의 테이블에서는 불가능하다. 때에 따라서는 오히려 그 역전적 현상, 즉 북측이 우리를 부정해버리는 경우도 발생한다. 그것이 엄존하는 남북관계의 현실이다.

남과 북은 많이 다르다. 그 '다름'을 우리는 '틀림'으로 일반화시켜버린다. 분단체제가 강요한 획일적 사고와 이분법적 흑백논리에 따른 선악적 구분의 폐해다. 남과 북의 다름은 근본적으로 정치체제와 사회제도의 다름에서부터 문화적 생활양식과 양 사회가 추구하는 가치규범 조차도 다른, 똑같이 발음되는 언어의 의미조차 다를 수 있는 '다름'이다.

우리 사회의 '자유'의 개념과 북한 사회의 '자유'의 개념은 다르다. '노동'과 '고용', '경제'의 개념도 다르다. 북측에는 '임금'이라는 개념은 아예 없고 다만 '생활비'라는 개념이 있을 뿐이다. 우리는 그 모든 '다름'을 '다름'으로 보지 않고, '틀림'으로 부정해버리고 만다. 결국 그런 '부정'이 축적되어져 '총체적 무지'로 발전했다.

더불어 '모른다'는 의미는 실질적으로 우리식 기준의 국가 경제지표와 사회적 지수들이 북한에서는 거의 발표되지 않고, 철저히 베일에 가려져 있는 것과 무관하지 않다. 북한은 1960년대부터 국가의 주요 통계나 경제지표, 지수 등을 특별한 경우를 제외하고는 공개하지 않는다. 그것은 북한이 택하는 국제정치적 이해관계의 전략적 판단에 근거한 것이다. 결국 북한과 관련된 거의 모든 지수나 지표들은 추정에 추정을 더한, 매우 많이 가공되어진 것들이다. 다시 말해 거의 신뢰할 수 없는 것들이 대부분이다.

이러한 총체적 무지가 적대적 대북정책과 만나면서 어느 순간부터 북한은 더 이상 평화와 통일의 관한 주체도, 공존공영할 상대도, 대화의 온전한 파트너도 아닌 존재가 되었다. 결국 전통적인 반공-반북 이데올로기의 연장선에서 북한은 이분법적 흑백논리에 근거한 '악'일 뿐이다.

남북이 평화적인 관계였던 시기에 북한에 대한 우리 국민들의 보편적 평가와 인식은 난다. 상호존중의 정신에 입각하여 우리와 함께 민족 공동번영과 평화통일의 새로운 역사를 써 가야 할 대등한 주체였고 화해협력의 상대였다. 북측 자체 내부적인 변화로 본다면 북한은 지난 10여년 동안 경제적으로나 사회문화적으로 많이 변화하고 긍정적 측면에서 상당한 발전이 있었다.

1-5 진보와 보수가 북한을 보는 시각

보수와 진보가 북한을 보는 시각의 여론 조사를 보자. 진보 응답자들은 북한을 좀 더 '지원대상' 혹은 '협력대상'으로 보는 경향이 크다. 반면 보수 응답자들은 북한을 '경계대상' 혹은 '적대대상'으로 보는 비율이 상대적으로 더 높았다.

그러나 이 이념차이는 결코 과장되어서는 안된다. 예를 들어 2016년 조사에서 북한을 '적대대상'으로 보는 보수가 58.1% 이었던 반면 진보의 경우도 41.5% 였기 때문이다.

따라서 진보는 북한을 협력대상으로, 보수는 적대대상으로 볼 것이라는 이분법은 성립하기 힘들다. 이런 여론 조사는 좀 더 자세한 조사에서도 나타나도 있다.

진보와 보수의 차이가 개성공단 재개와 관련된 질문이다.

약 절반 정도(49.2%)의 진보가 개성공단 재개에 찬성하고 있었는데, 보수는 삼분의 일이 좀 넘는 정도(36.8%)만이 같은 의견을 가지고 있었다. 하지만, 여전히 상당한 숫자의 보수 국민들이 개성공단이 재개되어야 한다는 사실에는 변함이 없다.

2장

한반도의 미래상

"한반도의 미래상은 한 체제로의 통합인가, 두 체제의 공존인가?"

2018년 남북한 정상의 4.27 판문점 선언과 북미 간 대화진전 등의 흐름 속에서 한반도 평화와 통일에 대한 기대감이 높아지고, 실질적인 교류의 움직임도 활발히 움트고 있다.

급격한 변화를 맞으면서, 장기적인 관점에서 추구해야 할 한반도의 미래상을 고민하고, 사회적 합의를 찾아가야 한다는 주장이 지속적으로 제기되고 있다.

국가와 체제를 둘러싼 주장들이 엇갈리는 가운데, 다음 두 가지 주장이 충돌하고 있다. 남과 북이 추구해야 할 한반도의 미래상은 어떤 모습이어야 한다고 생각하는가?

2-1 / 하나의 체제로 통합되어야 한다

선진강국으로 도약하기 위해서는 평화적 공존이상의 통합이 필요하다. 한 체제로 통합된 한반도는 대륙으로 향하는 북방정책, 해양으로 향하는 해양정책을 추진할 수 있고, 이를 통해 경제강국, 문화강국, 평화강국으로 발돋움할 수 있다. 하지만, 국경선을 사이에 두면 '자국의 이익'이라는 관점에서 경쟁은 불가피하게 될 것이며, 지역강국으로 도약하는데도 한계가 있을 것이다. 결국 영구분단은 또 다른 고통과 불편을 낳게 될 것이다. 양국으로 나뉜 평화체제가 아니라 평화적인 방법으로 하나의 체제로 통합해야 한다.

1) 휴전선이 유지되는 한 번영하는 한반도를 기대할 수 없다.

남한은 한반도 휴전선 이남에 위치하여, 사실상 섬이나 다름이 없다. 북한 또한 바다의 길이 제한되어 답답한 조건에 처해 있다. 통일은 이러한 각각의 한계상황을 해소하는 방향에서 추진되어야 한다. 남북한이 하나로 통합되어 위로는 대륙으로 향하는 북방정책을 추진하고, 아래로는 세계로 향하는 해양정책을 병행할 때, 통일한반도의 번영이 가능할 것이다.

2) 한 체제로의 통일이야말로 한반도의 항구적인 평화를 보장한다.

각종 정책들은 하나의 국가와 하나의 체제 내에서 통합성을 가질 때 보다 효과적으로 작동한다. 국경을 마주하고 있는 평화로운 나라들 간에도 속내를 살펴보면, 이러저러한 분쟁거리가 적지 않다. 국경이 존재하는 한 자국이기주의가 생기게 마련이다. 최근 우리에게 알려진 몇몇 사례에서 알 수 있듯이, 국가이익을 둘러싼 경제 통상 갈등은 격화되고 있다. 영국이 유럽연합(EU)을 탈퇴하면서 보여주는 모습이나, 최근 미중 간 경제전쟁은 국경선이 무엇을 의미하는지 새삼 일깨워주고 있다. 통일이야말로 한반도의 실질적인 평화를 보장한다.

3) 새로운 통일강국 건설의 기회를 놓쳐서는 안된다.

한반도에 새로운 통일강국을 건설하는 역사적 과업은 반드시 달성해야 할 과제이다. 통일강국을 건설할 수 있는데 스스로 기회를 저버리는 것은 결코 해서는 안 될 일이다. 분단 이전의 우리는 공통의 역사와 문화 그리고 같은 언어를 사용해왔으며, 분단 상황에서도 통일의 의지를 다져왔다.

4) 통일 한반도는 평화로운 글로벌 국가로 발전할 것이다.

하나의 체제로 통합된 한반도에는 여러 가지 기회가 주어진다.

첫째, 통일 국가는 한반도가 위치한 지정학적 위치를 십분 활용하는 글로벌 국가정책을 수립하고 추진할 수 있다.

둘째, 국방비가 줄어들고 사회갈등의 요인이 해소되어, 평화강국으로 새롭게 태어날 것이다.

셋째, 통일로 인한 인구증가로 내수시장이 활성화될 것이며, 지하자원을 비롯한 자연자원의 통합적 이용도 극대화될 수 있다.

　미국 골드만삭스 등 해외 전문가들 역시 남한과 북한이 통일되면 30~40년 안에 국민총생산(GDP) 규모가 프랑스와 독일, 일본 등 주요 G7국을 추월할 것이라고 전망하고 있다.

골드만삭스(The Goldman Sachs Group. Inc.) : 국제 금융시장을 주도하는 대표적인 투자은행 겸 증권회사

5) 1국가 1체제 자유통일은 통일한국의 미래를 위한 포기할 수 없는 선택

　통일은 통일의 시점이 아니라, 통일한국의 미래를 좌우하는 역사적 과제이다. 따라서 자유민주주의 통일은 타협의 대상이 아니라 최소한의 조건이다.

　통일한국의 1국 2체제, 즉 북한 김정은 체제와의 연방제 통일은 민족 감정에 바탕을 둔 통일지상주의로 통일한국 미래의 정치적 혼란과 경제적 파탄을 예고한다.

　연합제든, 연방제든, 최소한의 조건은 참여국은 동일한 체제여야 한다. 대표적인 예가 유럽연합(EU)이다. 현재 EU로 발전하는데도 40년 이상 소요되었다. 회원국 28개국은 자유민주주의, 시장경제체제이다.

6) 통일: 개념 및 목적

　통일은 통일된 한국이 선진강국으로 도약할 기회여야 한다. 통일은 그 자체가 목적이 아니다. 통일은 7천 4백만 국민에게 정치적 자유는 물

론 경제적 풍요로움을 제공하는 것으로 통일을 이루어 져야 한다. 경제 발전이 불가능하다면 통일은 무의미하다. 통일은 가치통일이어야 한다. 가치가 빠진 평화통일은 통일 후 미래를 담보 못한다. 1국 1체제 하에서도 남북 이질감과 사회적 갈등을 최소화해야 통일의 미래가 보장될 것이다.

예맨은 1990년 5월 남과 북이 합의 하에 평화통일을 이루었지만 통일 후 28년 동안 내전이 거듭하며 몰락했다. 자유의 가치가 빠진 평화통일은 허구이다. 독일 콜 총리는 1989년 12월 18일 동독 드레스덴을 방문한 자리에서 "자유가 빠진 평화는 허구이다. 여러분! 자유를 위해 투쟁하십시오!"라고 연설하였으며 그 후 10개월 만에 자유통일을 이루었다.

통일 후 이미 종결된 이념논쟁으로 시간을 허비할 수 없다. 독일이 예상 밖의 통일로 천문학적 비용을 치러야 했지만 그래도 통일독일이 유럽 최강의 나라로 우뚝 설 수 있었던 것은 동독에 자유와 시장의 가치를 정착시켰기 때문에 가능했다.

2-2 　두 체제가 공존해야 한다

남과 북은 약 70년간 서로 다른 두 체제를 유지해왔고, 두 세대 이상 서로 다른 방식으로 살아왔다. 같은 민족이라는 이유로, 자신이 익숙하지 않는 체제에 억지로 적응할 것을 강요해서는 안된다. 북한주민들이 남한체제로 통합되는 것을 당연히 지지하고 환영할 것이라고 단정할 수 없다. 남한국민들이 북한체제로 통합하는것을 환영할 것이라고 단정할 수 없다. 상대의 체제를 존중하고 흡수통일을 포기할 것을 분명히 밝히지 않으면, 통일은 고사하고 남북 간의 협력도, 최소한의 평화 유지도 기대할 수 없다.

1) 남과 북은 지난 70년간 이질적인 체제 속에서 살아왔다.

남과 북이 같은 민족임에는 틀림없지만, 지난 70년간 서로 다른 체제에서 서로 다른 방식으로 살아왔다. 이질적인 두 체제에서 태어나고 자라온 세대들이 대부분이다. 한 체제로의 통합이 과연 남북에 사는 모든 세대들에게 기회를 가져다 줄 수 있는지, 특히 북한주민들은 남한의 체제로 통합되는 것을 지지하고 환영할 지 신중히 따져봐야 한다. 남과 북 어느 누구에게도 익숙한 삶의 방식과 체제를 포기하고 다른 체제에 적응하도록 강요할 수는 없다.

2) 두 체제의 공존과 공동번영의 길을 찾는 것이 곧 통일이다.

1991년 합의된 〈남북기본합의서〉는 남북관계를 "국가 간의 관계가 아니라 통일을 지향하는 잠정적인 특수관계"로 표현하고 있지만, 동시에 "남과 북은 서로 상대방의 체제를 인정하고 존중한다(제 1장 1조)"고 명시하고 있다. 더욱이 남과 북은 1991년 국제연합(UN)에 동시 가입했다. 국제적으로 남북한은 각각 주권을 지닌 별개의 국가로 인정받고 있다. 따라서 상대방의 체제를 존중하면서 공존과 공동번영의 길을 찾는 일이 우선되어야 한다.

두 체제의 공존을 지향한다고 해서 통일을 포기하는 것은 아니다.

한 체제로의 통합이 아니면 분단이라는 도식에서 벗어나야 한다. 두 체제가 공존하는 통일이 불가능한 것은 아니다. 한반도 평화체제를 형성하고 남북 교류협력이 활발해지는 것과 발 맞추어 남과 북이 국가연합을 형성하면, 두 체제가 공존하는 1단계 통일을 얼마든지 달성할 수 있다. 일단 국가연합이 형성된 후에는 인위적인 체제통합을 시도하지 않고 두 체제가 교류협력을 통해 서로 영향을 주고받으면서 자연스럽게 발전하도록 하는 것이 바람직하다. 두 체제가 결과적으로 하나의 체제와 다름없는 상태가 되어 남과 북의 주민들이 자유롭고 안전하게 특정제도를 선택할 수 있는 조건과 환경이 만들어지면, 그 때 한 체제로의 통합여부를 스스로 판단하게 해도 늦지 않다.

3) 인위적인 흡수통일은 큰 비용과 재앙을 부를 수 있다.

돌이켜보면, 한국 전쟁은 한반도를 '한 국가 한 체제'로 통합하려는 일방적 태도가 부른 비극이었다. 당시 북한은 자신을 '민주기지' 혹은 '혁명기지'로 자임하면서, 남한에 혁명을 전파할 수 있다고 착각했던 것으로 알려지고 있다. 남한 스스로 자신을 '민주기지'로 착각하면 같은 실수를 범할 수 있다. 이미 한번 전쟁을 치른 당사자들끼리 먹고 먹히는 방식의 체제통합을 시도하는 것은 위험천만한 일이다. 우리 쪽에서 '한 체제로의 통합'을 강조할수록 북한은 위협을 느끼고, 더욱 경직되고 강경한 태도를 취하게 될 것이다. 상대를 흡수하려는 인위적인 시도를 영구적으로 포기한다고 선언하는 편이 평화와 통일에 긍정적으로 작용할 수 있다.

2-3 / 결국은 한 체제로

한국전쟁의 종전과 한반도 평화체제의 정착이 목전의 현실로 다가왔다. 2018년 4월 27일의 판문점 남북정상회담과 6월 12일의 싱가포르 북미정상회담이 열어놓은 전망이다. 이 회담을 전후한 모든 여론조사와 6.13 지방선거의 결과는 대한민국의 여론이 이러한 방향의 변화를 압도적으로 지지하였다. 2016년 겨울 이후 형성된 거대한 '촛불민의'가 여전히 강한 힘을 가지고 있음을 말해준다. 세 가지 흐름이 있다.

①한국과 북한, 그리고 미국이 남북 화해 정착과 남북미간 평화체제 수립의 방향으로 움직이고 있고, 물론 약간의 머뭇거리는 증세도 보인다.

②촛불의 지지로 들어선 한국의 새 정부가 남북미 간 평화체제 수립을 목표로 하는 변화를 적극적인 의지를 가지고 주도해 가고 있으며, 촛불민의로 각성된 한국의 여론은 새 정부의 그러한 의지와 노력에 대해 큰 지지를 보내 뒷받침해주고 있다.

③위 ①②③의 세 흐름은 서로 긍정적인 영향을 주면서 선순환을 일으키고 있다. 종전으로 한국전쟁이 정식으로 끝나고, 남북미중 평화체제가 정착하면 동아시아에는 본격적인 평화와 번영의 시대가 열린다. 동아시아 경제권의 규모는 현재로도 세계최대이지만, 가장 큰 걸림돌이 남북, 북미, 미중 간 군사적 긴장 문제였다. 이 문제가 평화롭게 풀리면 동아시아 경제권의 잠재력은 활짝 만개한다.

1) 한반도의 변화 방향은 공존과 공영

①종전선언과 평화협정을 체결한다는 것은 더 이상 상대를 적으로 보지 않고 정상적인 국가로 인정하며 정상적인 국가 간의 정치, 외교, 경제적 관계를 갖는다는 것을 말한다.

②이미 1991년 남북은 유엔에 별개의 두 국가(ROK와 DPRK)로 동시 가입하여 국제사회가 한반도 두 국가를 인정하게 되었다. 한반도 두 코리아의 공존은 이미 그때 시작되었다. 2018년 현재 한국(ROK)은 190개국과 조선(DPRK)은 161개국과 수교하고 있고 그 중 157개국은 양국과 동시 수교상태다. 이제 남북미간 평화체제가 이뤄지면 북미 수교를 필두로 아직까지 이뤄지지 않고 있던 두 코리아 공존에 대한 국제격 인정이 완결된다.

③평화와 공존의 체제에서의 남북관계는 수교 이후 한중(1992년 이후), 한러(1991년 이후) 관계에서 이루었던 것과 같은, 또는 그보다 더욱 큰 기회와 번영의 기회를 가져다준다.

④이렇듯 평화, 신뢰, 번영의 관계가 한반도 양국과 주변국 사이에 안정적으로 정착되어야 통일로 가는 전망도 열린다.

2) 결국은 한 체제로

상기 의제에서 결국은 남북이 하나의 체제가 되어야 하지만 당장은 어려우니 두 체제로 상호 오고 가고 하다보면 어느 체제가 더 좋은지를 알게 될 것이다. 그 때 국민이 선택하면 된다.

하나가 된다는 것은 어느 한 쪽 상대를 흡수한다는 것이고 두 체제가 공존하는것은 상호 왕래로 사실상의 통일이 되는 것이다. 사실상의 통일이 몇 년 지속하다보면 정치적인 통일도 가능하리라 본다.

3장

평화 통일에 기대되는 효과

3-1 경제활성화, 신규일자리 창출, 소득증대가 기대 된다

남한의 자본과 기술, 북한의 양질의 노동력과 천연자원이 결합된다면, 한반도는 새로운 성장 동력과 번영의 기회를 맞이하게 될 것이다. 남북한이 각각의 특성을 잘 살리는 경제협력에 성공한다면, 경제가 활성화되고 청년들의 일자리도 확대되면서 소득증대로 이어질 수 있다. 나아가 남북한이 하나의 시장으로 통합되는 등 경제통일이 이루어진다면 한반도의 경제력은 지금 보다 훨씬 더 강력해질 것이다.

3-2 　군비축소, 복지 확대, 병역의무 완화가 기대된다

　　평화가 정착되어 한반도에 군사적 위협이 감소하게 되면, 군비는 줄이고 복지는 확대할 수 있을 것이다. 현재 정부 예산의 10%를 차지하는 국방비와 관련 인력이 줄어들면 저출산.고령화 대응과 사회적 안전망 구축 등 다른 중요한 현안에 자원을 배분할 수 있다.

　　우리 사회에 큰 부담이었던 병역의무의 완화도 가능하다. 현재 징병제를 모병제로 전환하거나, 징병제를 유지하더라도 군복무기간을 대폭 단축하고 군 인권을 강화하는 등의 변화도 기대할 수 있다.

3-3 　이념대결 완화, 정치안정, 다양성 존중 문화가 기대된다

　　남북 대결이 초래한 극단적인 이념 갈등과 대결적 정치 지형 등 사회적 갈등도 줄어들게 될 것이다. 소모적 전쟁의 지속으로 정치는 국민의 삶의 문제를 해결하지 못해 왔고, 그 결과 심각한 사회갈등과 사회적 비용을 초래했다. 평화가 정착되고 남북간 화해와 협력이 본격화되면, 분단을 핑계로 서로 대립해온 정치권이 보다 생산적인 선의의 경쟁을 펼칠 수 있으며, 사회구성원 간에도 서로의 차이와 다양성을 존중하는 문화가 확대될 것이다.

해설

해설 징병제와 모병제 : 징병제는 현재 우리나라처럼 국가가 국민에게 병역 의무를 강제로 부여하는 제도이며, 모병제는 강제 징병하지 않고 본인의 지원에 의한 직업 군인을 모병하여 군대를 유지하는 제도이다.

4장

통일 교육의 강조점

"통일교육에서 더욱 강조되어야 할 가치는 무엇인가?"

판문점 선언 이후 통일교육의 변화요구가 높아지는 가운데, 강조점에 대해서도 입장들이 엇갈리고 있다. 미래세대와 사회 구성원 모두를 대상으로 한 통일교육에서 더욱 강조되어야 할 가치는 무엇일까?

4-1 　 자유 민주주의적 가치와 건전한 안보관

통일과 안보는 별개의 사안이 아니다. 우리 사회와 공동체를 보다 발전시키고 안팎의 적으로부터 보호하기 위하여, 평화와 통일을 추구하면서도 동시에 철통같은 안보를 강조해야 한다.

특히 자유민주주의는 한반도 분단 이후 휴전선 이남의 대한민국의 번영을 가능하게 했던 가치로서, 향후 통일한국의 기본 이념으로 보다 더 강조되어야 할 정신이 아닐 수 없다.

물론 냉전 시대의 통일교육은 시대변화에 발맞춰 재정립될 필요가 있다. 하지만 통일교육이 대한민국의 정체성을 흐트러뜨리고 안보를 훼손한다면, 정작 평화와 통일을 실현하는데 큰 장애가 될 것이다.

4-2 / 상대체제에 대한 존중, 갈등의 평화적 해결

그동안의 통일교육은 본연의 가치와는 달리 냉전적인 분단강화 교육이라는 비판을 받아왔다. 우리 체제의 우월성만을 강조하는 교육, 대립과 갈등을 부추기는 교육은 통일교육이 될 수 없으며, 실질적인 남북관계 해결에도 악영향을 미칠 뿐이다.

남북 간 서로의 차이를 인정하고 존중하며, 평화와 통일을 위한 협력의 파트너로서 인정하는 것이 통일교육의 주요 가치가 되어야 한다. 또한 북한을 경계하고 적대시하는 교육 대신 누적된 갈등을 평화적으로 해결하는 방안이 탐구되어야 한다. 새로운 평화와 통일의 시대에 걸맞은 상호존중 및 갈등의 평화적 해결이 통일교육의 핵심이 되어야 한다.

5000년 단일민족의 역사를 지니고 오랫동안 하나의 국가를 이루고 살아온 우리가 외세에 의해 분단된 이후 분열된 삶을 살아간다는 것은 받아들일 수 없었다. 이러한 감정은 해방과 함께 찾아온 민족분단이라는 초유의 사태를 겪은 지 얼마 되지 않을 때였기 때문에 더욱 강했던 것 같다. 그래서 그들은 남북대결이 지금보다 훨씬 치열하고 "때려잡자 공산당"이라는 극단적인 반공구호가 거리 곳곳에 나붙었던 시절에 초중등학교를 다녔지만, 북한을 미워하면서도 한편으로 통일을 가장 높은 가치로 생각했다. 어쩌면 북한에 대한 강렬한 증오의 표현마저 통일에 대한 집착에서 나온 애증의 한 단면처럼 보일 정도였다. 그래서 "우리의 소원은 통일"을 의심해본 적이 없었다.

기성세대는 비록 일제식민지 시대이기는 했으나 남북이 하나의 공동체로 존재했던 시절부터 살다가 해방되어 단일독립국가 건설의 열망으로 들떴다가 분단의 좌절을 겪은 사람들이거나, 혹은 그들이 뿜어내는 통일 열기의 세례를 받으며 자라난 사람들이다. 그러니 그들에게 통일은 떨어져나간 팔다리를 다시 찾아 맞추는 것과 마찬가지로 당연한 것이었다.

반면에 신세대는 이미 분단이 고착화된 상태에서 태어나고 성장했기 때문에 문화적·심리적으로 통일에 대한 절박성을 느끼기 어렵다. 여기에 그들은 세계화의 세찬 흐름 속에서 민족주의가 시대에 뒤떨어진 조류로 인식되는 시기에 자라나, 우리 국민의 통일의식의 한 축이 되어왔던 민족의식이 엷어져 있는 세대다. 이런 상태에서 그들이 북한의 도발적 태도를 자주 보게 되면 자연스럽게 북한을 귀찮고 불편한 존재로 느낀다. 더욱이 그들은 동서독 통일과정에서 나타난 통일비용 얘기를 귀가 따갑게 들었기 때문에 통일이 되면 북한경제를 회생시키기 위해서 남쪽이 엄청난 자금을 북한에 퍼부어야 한다고 생각한다. 신세대들은 통일을 할 경우 금전적으로나 사회적으로나 엄청난 통일비용을 치러야 한다고 생각한다.

따라서 대부분의 신세대에게 통일은 그렇게 매력적인 일이 아니며 어떤 면에서는 상당히 부정적으로 인식되기도 한다. 통일 회의론인 것이다. 통일에 대해 절대가치를 부여하고 살아온 기성세대가 볼 때는 매우 못마땅하고 안타까운 일이지만 이러한 경향은 점점 증대하고 있다.

이런 신세대에게 기성세대가 '우리 민족은 5000년 동안 단일민족을 이루고 살아왔으며 분단은 외세가 인위적으로 갈라놓은 것이기 때문에 통일은 운명적인 과제'라는 식으로 설명하는 것은 먼 나라 얘기처럼 들릴 뿐이다.

통일은 정말 불필요한 것일까? 통일은 우리의 삶을 오히려 어렵게 만들까? 아니다. 통일과정에서 발생하는 불편함과 비용이 너무 부각되어 그렇게 느끼는 것이지 통일이 우리에게 가져다 줄 혜택은 통일비용을 압도할 정도로 엄청나다. 통일과 통일로 나아가기 위한 과정인 남북협력은 단순히 경제적인 측면에서뿐만 아니라 심리, 문화 등 여러 방면에서 우리의 '삶의 질'을 획기적으로 나아지게 할 것이다.

5장

평화 · 통일과정에서 필요한 역량

"한반도 평화와 통일을 위해 우리에게 더 필요한 역량은
무엇인가?"

한반도에 평화를 정착시키고 통일을 이루어가는 과정에는 여러 가지 어려움과 장애물이 있다. 대한민국 정부과 국민이 이를 헤쳐 나가기 위해서는 다양한 역량이 필요하다. 모두 필요한 능력이지만, 우선순위에 대해 다른 시각들이 존재한다.

5-1 군사적 역량이 중요하다

군사적 긴장 상태에서 가장 필요한 것은 군사력이다. 6.25 전쟁이 아직 종료되지 않았고, 북한은 전쟁을 통한 공산화 통일 방침을 유지하고 있다. 북한의 도발 의지를 무력화할 수 있는 강한 군사적 억지력을 유지하여, 유사시를 대비해야만 한다. 또한 주변국과의 잠재적 갈등에 대비하기 위해서도 강한 군사력은 필요하다.

5-2 / 경제적 역량이 중요하다.

개성공단 사례에서 볼 수 있듯이 우리가 북한에게 부족한 자본과 기술을 제공하고, 북한의 양질의 노동력이 결합하는 경제협력을 통해 상호간의 신뢰를 증진하고 군사적 긴장도 완화시킬 수 있다. 만약 우리의 경제력과 협력의지가 부족하면, 북한은 다른 주변국에게 더 의지하게 될 수 있다. 주변국과의 우호적 관계형성에도 우리의 경제력은 중요하다. 유럽의 통합과정에서도 경제협력이 중요한 원동력으로 작용한 사례가 있다.

5-3 / 외교적 역량이 중요하다

열강의 이해가 얽혀 있는 만큼 슬기로운 외교력이 중요하다. 남북관계의 진전은 당사자인 남한과 북한뿐만 아니라, 미국과 중국의 합의가 불가피하다. 독일 통일 역시 강대국을 설득하는 외교역량 없이는 불가능했다. 한편, 이미 남한의 군사비 지출(군사력)은 북한의 연간 국민총생산을 넘어섰고, 경제력 역시 북한 대비 50배에 이르는 상황이다. 우리에게 필요한 것은 북한과 주변국을 상대할 독립적인 외교 역량이다.

5-4 / 민주적 역량이 중요하다

갈등의 해결은 시민의 민주적 역량이라는 토대 위에서 가능하다. 시민의 민주적 정치역량은 훌륭한 지도자를 선출하고, 국민이 원하고 합의한 정책을 추진할 수 있는 추진력이며, 남북관계에도 예외가 아니다. 이러한 민주적 역량이 강화되지 않으면, 사회적·경제적·정치적 갈등이 이어지게 마련이고, 군사도 외교도 일관성을 잃을 수 밖에 없다.

6장

평화 · 통일과정에서 중요한 역할

"한반도 평화와 통일 과정에서 지도자와 시민 중
어떤 역할이 더 중요한가?"

한반도에 평화를 정착시키고 통일을 이루어가는 과정은 정부와 지
도자뿐만 아니라 시민의 역할 또한 필요하다. 지도자의 결단·추진력과
시민의 합의·참여 중 지금 우리에게 더 중요한 것은 무엇일까?

6-1 지도자의 결단과 추진력이 더 중요하다

남북관계 진전은 역사적으로 정상들에 의해 주도되어 왔다. 7.4 남북공동성명, 남북기본합의서, 6.15선언, 10.4선언, 4.27판문점 선언 등이 보여주는 것처럼, 지난 73년간 남북관계는 남북 최고지도자들의 결단에 의해 추진되어 왔다. 지난 역사적 경험이 그랬던 것처럼, 한반도 평화와 통일의 과정에서 지도자의 결단과 추진력이 더 중요한 역할을 할 수밖에 없다.

6-2 / 시민의 합의와 참여가 더 중요하다

지도자의 결단만으로는 추진력을 확보하기 어렵다. 시민의 합의와 참여에 기반 하지 않은 지도자의 결단은 국민으로부터 외면당하기 쉽고, 무엇보다 한반도의 미래는 시민에 의해, 시민이 원하는 형태가 되어야 한다. 또한 평화통일 정책이 정권이 바뀔 때마다 지도자의 결단만으로 일관성 없이 뒤바뀌에 되어, 도리어 갈등과 혼란을 초래해 왔다. 따라서 시민의 합의와 참여는 그 어느 때보다 중요하다.

6-3 / 재외동포의 의견도 중요

주장 1,2 외에 별도로 재외 동포들의 의견도 필요하다고 본다.

지금까지 남북관계는 남북 최고 지도자의 결단에 의해 합의 사항을

도출해 왔고 민의의 의견을 청취하기 어려우면 국회에서 결의했으면
한다.

단 당의 답이 당략에 의해 무조건 반대하는 모습은 아름답게 보이지
않는다. 통일 문제에는 초당적으로 협력해야 한다.

7장

평화 · 통일을 위한 국제관계

"한반도 평화와 통일을 위해 더 강화되어야 할 국제관계는
무엇인가?"

　한반도 평화체제와 그리고 통일로 나아가는 과정에서 우리는 수많
은 외교적 협상과 선택을 해야한다. 한반도 평화와 통일을 위한 전략적
인 선택으로 전통적인 한미동맹을 더 강화해야 한다는 주장과 이제는
균형외교를 더 강화해야 한다는 주장이 엇갈리고 있다.

7-1 / 한미동맹이 더 강화되어야 한다

전통적인 한미동맹이 강화되어야 남북관계의 진전이 가능하다. 미국은 한국전쟁을 함께 한 동맹국이며, 여전히 세계 최고의 군사력과 세계최대의 경제력을 가진 초강대국이다. 통일 과정과 통일 이후 한반도의 평화와 안정 그리고 경제적 번영은 굳건한 한미동맹에 기초할 때만 가능하다. 특히 북한의 오판과 도발을 막고 중국을 비롯한 다른 주변국의 간섭과 위협에 대비하기 위해서도 미국과의 동맹을 더욱 강화해야 한다.

7-2 / 균형외교가 더 강화되어야 한다

미국에 편중된 냉전외교는 한반도의 긴장을 해결할 수 없다. 미국. 일본과 전통적 외교관계 및 군사적 협력관계를 중시하면서도 중국, 러시아와도 돈독한 관계를 유지해야 한다. 특히 중국은 한국의 최대 교역국가이고 북한과도 긴밀한 관계를 유지하고 있다. 한·미·일 군사협력을 강화하면서 중국과 대립하는 것은 한반도 평화와 통일을 위해 결코 현명한 일이 아니다.

동맹질서는 자본주의 진영과 사회주의 진영의 대결을 의미하는 냉전시대 국제질서의 상징이었다. 1990년대 이후 세계는 사화주의권의 몰락과 냉전의 붕괴로 거대한 정세변화를 맞이했으며, 대부분의 지역에서 새로운 환경에 맞추어 동맹질서가 약화되고 대신에 다자간 협력과 지역협력 질서가 강화되었다. 동북아도 이런 변화의 예외지역이 아니었다.

그러나 이런 급격한 정세변화에 부응하여 새로운 협력질서를 만들어내는 데 동북아는 어느 지역보다도 속도가 더디다. 무엇보다도 사회주의 몰락 전부터 지속되어온 남북대결, 북미·북일 적대관계가 해소되지 않았으며, 냉전시기 결성된 북한과 중국 사이의 전통적인 동맹관계도 약화되기는 했으나 지속되고 있다.

동북아는 미·중·일·러의 전략적 이해가 교차하며, 세계인구의 4분의 1과 세계 GDP의 5분의 1이 집중되어 있는 곳이다. 현재 이 지역의 경제는 세계 어느 곳보다도 역동적이고, 국가 간 상호투자와 교역도 꾸준히 증가하고 있으며, 문화적 공감대를 넓히는 인적교류도 활발하게 이루어지고 있다. 동북아 주요국가들 간의 교역관계를 살펴보면 한국의 수출 대상국 1,2,3위가 역내 국가인 중국-미국-일본이며, 일본 역시 수출 대상국 1,2,3위가 중국-미국-한국이다. 중국은 수출 대상국 중 미국-일본-한국이 1,2,5위를 차지한다.

이제 더 이상 동북아가 중국과 한미일이 대립하는 식의 동맹질서로 유지되기 어렵다. 급속히 증가하는 경제적 교류와 협력, 그리고 사회적 · 문화적 교류를 뒷받침하기 위해서는 여기에 알맞은 새로운 질서가 필요하다. 이 새로운 질서는 동북아 국가들의 평화와 공동번영을 보장하는 것이여야 한다. 그리고 그 내용은 다자협력체제가 되어야 한다.

바로 이러한 상황에 처한 동북아의 한가운데 한반도가 있다. 지정학적으로 한반도는 동북아의 평화와 안정 없이 평화와 번영을 성취하기 어렵다. 거꾸로 한반도에서 평화가 정착되어야 이를 바탕으로 국가 간 갈등과 반목을 극복하고 평화와 번영의 동북아시아를 건설해나갈 수 있다. 이러한 전략적 환경 속에서 오늘날 한국은 북핵문제를 평화적으로 전환하며, 동시에 지역 국가 사이의 갈등과 대립을 극복하고 평화와 협력의 질서를 창출하는 것을 숙제로 안고 있다.

여기서 우리는 한미동맹과 동북아 다자협력의 관계에 대해 생각해볼 필요가 있다. 일단 한국 외교안보의 목표는 한반도 평화와 안전을 이루어내 국민의 안녕과 국가발전을 기약하고 평화통일의 길을 열어가는 것이다. 그동안 이 목표를 실현하는 데 한미 동맹이 중요한 역할을 수행해왔다.

결국 한반도 평화안전과 동북아 공동번영의 목표는 한미동맹만으로 수행되기 어렵다. 한미동맹과 함께 중국 등이 포함된 다자협력을 조화롭게 발전시켜야 이 과제들을 성공적으로 수행할 수 있다. 따라서 지금 필요한 것은 '현재 존재하지 않는' 동북아 다자안보협력체를 비롯하여 다양한 분야에서 다자협력을 실현하는 것이다. 그래서 이 체제가 동북아에서 대립과 갈등을 넘어서 지역 내 모든 국가가 함께 하는 평화와 공동번영을 보장해야 한다.

대한민국의 외교는 오랫동안 한미동맹 하나에 의존해서 전개돼왔다. 여기에는 그럴만한 이유가 있었다. 미국은 한국전쟁에서 우리나라를 구해주었고, 자본주의와 공산주의의 대결이 치열했던 냉전시대에 군사, 경제적으로 한국을 지원해주었다.

그러나 이제는 달라져야 한다. 이미 세계적 수준에서 냉전은 사라졌고 한국의 국력은 성장했으며 동북아 정세는 다자협력의 시대로 나아가고 있다. 1990년대 초반까지만 해도 미국과 일본에 거의 의존하던 우리 경제가 이제는 중국에게 훨씬 더 많이 기대게 됐다. 한미동맹은 중요하다. 문제는 이 동맹 못지않게 중국 등 동북아 다른 나라들이 함께 참여하는 다자협력도 중요한 시대가 되었다는 것이다. 따라서 동맹과 다자협력을 조화롭게 운용해나가는 외교 전략이 필요하다. 요컨대 균형외교를 해야 한다.

바로 이 균형외교에 바탕을 두고 노무현 대통령은 2005년 초 일련의 연설에서 우리나라가 동북아시아의 '균형자' 역할을 해나가야 한다는 의지를 밝혔다. 그는 이를 지금 당장 실현해야할 구체적인 당면 정책으로 제시한 것이 아니라 앞으로 추구해야 할 전략적 방향과 비전으로서 제시했다.

동북아의 교차지점에 위치해서 역사적으로 끊임없이 외세의 침략을 받아온 우리나라로서는 비록 역량이 다소 부족해도 한반도 문제에서 균형적 역할을 하겠다는 열망을 품는 것은 자연스러운 일이다. 더욱이 타국을 침범한 적이 없는 한국이기에 다른 나라들보다 동북아에서 평화를 말할 수 있는 역사적, 도덕적 정당성도 갖추고 있다.

사실 한국은 이미 일부 외교 분야에서 동북아 균형자 역할을 수행한 바 있다. 예를 들면, 2005년 9월 북핵문제를 풀기 위해 베이징에서 진행된 6자회담에서 9.19 공동성명을 발표한 일이 그렇다. 이때 한국의 균형자적 역할이 두드러졌다. 그러나 노무현 대통령이 동북아 균형자론을 제시한 것은 국가의 생존과 발전을 위해 선구적으로 문제제기를 하기 위해서였다.

이제는 동북아 균형자론을 한국 외교의 중요한 전략 방향으로 삼을 때가 왔다. 우리의 능력이 닿는 범위 안에서 사안에 따라 범위와 수준을 달리 하며 한반도를 중심으로 벌어지는 문제들에 대해서 균형자 역할을 추구해야 한다.

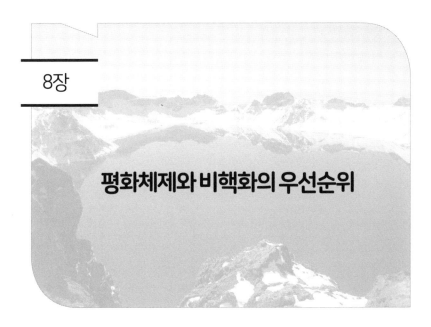

8장

평화체제와 비핵화의 우선순위

"한반도 평화체제와 비핵화는 어떤 경로로
추진되어야 하는가?"

남-북, 북-미 간에 한반도 평화체제와 비핵화를 둘러싼 대화가 진행
되고 있다. 그런데 이 두가지 목표를 실현하기 이해 바람직한 경로에 대
해서 아래와 같은 견해들이 엇갈리고 있다.

8-1 / 비핵화가 먼저 실현되어야 평화체제도 가능하다

북한의 핵 위협이 있는 한, 한반도에 평화란 존재할 수 없다. 북한은 여러 차례 비핵화에 관한 합의를 깨고 핵개발을 지속한 사례가 있다. 대화국면을 이용해 국제적 제재의 압박을 우선 피한 후 다시 핵무장의 길을 갈 수 있다. 검증 가능한 방식으로 북한이 완전하게 핵폐기를 한 후에, 평화협정체결과 평화체제로 나아가야 한다.

8-2 　평화체제가 먼저 실현되어야 비핵화도 가능하다

체제안전 보장 없는 비핵화 강요는 성공하기 어렵다. 북한의 핵무기 개발은 점점 커져가는 미국 및 남한과의 군비격차를 해결하기 위한 궁여지책이고, 체제안전을 위한 협상수단이다. 비핵국가였던 리비아나 이라크 등이 미국의 군사행동으로 붕괴된 사례를 보더라도 종전선언과 평화협정 등을 선행해서 북한의 비핵화를 이끌어내는 것이 바람직하다.

8-3 　평화체제와 비핵화가 동시에 되어야 둘 다 가능하다

남북과 북미 사이에 누적된 불신이 커서 어느 일방도 먼저 양보할 수 없기 때문에 동시에 추진되어야 한다. 지금까지 핵문제를 포함한 한반도 군사갈등이 해결되지 않은 책임을 어느 일방에만 돌릴 수 없다. 북한도 미국도 기존의 합의나 약속을 깬 책임에서 자유로울 수 없기 때문이다. 한반도의 완전한 비핵화와 평화협정 체결을 단계적이고 포괄적으로 동시에 추진해야만 두 가지 모두 실현할 수 있다.

8-4 평화체제와 비핵화가 점진적으로 하나씩 하나씩 상호 주고받으면서 나가는 것이 합리적이라고 본다

그 동안 상호 불신의 벽이 너무 높았기에 문제 해결이 어려운 것으로 본다.

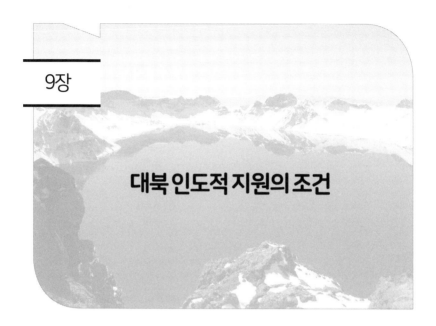

9장

대북 인도적 지원의 조건

"북한에 대한 인도적 지원은 남북 간의 군사적 상황과
분리하여 중단 없이 추진해야 하는가?"

남한은 경제난에 허덕이는 북한 내 취약계층을 위한 인도적 지원을
해왔지만, 군사적 문제가 불거진 2000년대 이후에는 정치 · 군사적 조
건에 따라 가다 서다를 반복해 오고 있다.

국회결의안은 북한의 인도적 지원에 대해 '남북 간의 정치군사적 상
황과 분리되어 중단 없이 추진되어야 한다'고 명시하고 있지만, 정치 ·
군사적 상황에 따라 제약이 필요하다는 반론도 있다.

9-1 / 정치·군사적 조건에 영향을 받는 것은 불가피하다

인도적 지원은 북한의 태도 변화라는 전제와 함께해야 한다. 남한과 국제사회는 북한의 극심한 경제난에 고통받는 주민을 위해 인도적 지원을 해왔지만, 정작 북한은 핵개발에만 집중했다. 북한 스스로 주민을 돌보지 않는데, 일방적인 인도적 지원은 효과를 보기 어렵다. 더욱이 인도적 지원이 핵개발에 전용된다는 우려도 있다. 아무리 인도적 지원이라 할지라도 정치·군사적 상황에 영향을 받는 것은 불가피하다.

9-2 / 정치·군사적 조건과 무관하게 지속되어야 한다

인도적 지원은 북한 내 취약주민에 대한 생존권 보호 조치이다. 인도적 지원은 재난적 상황을 겪고 있는 이들에 대한 최소한의 긴급구호 활동이며, 북한에 대한 유엔 안보리 제개 결의안에서도 인도적 지원한큼은 명시적으로 허용하고 있다. 그러나 대북 인도적 지원이 정치적 영향을 받으면서, 북한의 영유아, 임산부 등에 대한 지원마저도 끊겼다. 정치·군사적 이유로 비인도적 상황을 수수방관할 수는 없다.

인도적지원 : 인재나 자연재해로부터 통상 생명을 구조하고, 고통을 경감하며, 인간의 존엄성을 보호하는 활동으로 기아나 난민 등에 대한 구호활동이 모두 해당된다.

UN 안보리 제재에 문제가 없다면 이 부분부터 인도적 지원을 하는 것이 약자를 돕는 면에서 강자의 논리라고 본다.

남북 경제 협력은 남북 모두에게 이롭지만, 통일 비용 보다는 통일이 높기 때문에 곧 제재 해야 하리라 본다.

금강산 광광이나 개성공단 사업을 어렵게 개통시켜 놓았으나 갑자기 닫은 것은 잘못된 사고 방식으로 보인다. UN 안보리 제재가 풀리면 곧 재개하는 것이 통일에 공헌하리라 본다.

그동안 우리 사회 일각에서는 인도적 지원에 대해 모니터링 문제 등을 제기하면서, 제대로 필요한 사람들한테 가느냐는 의구심이 있었다. 이것이 인도적 지원을 확장하는데 큰 장애였는데, 어떻게 생각할 것인가?

인도적 지원을 하려면 먼저 인도적 위기 상황인가를 봐야 한다. 북한 정부의 행동이 맘에 든다 안든다는 것이 기준이 아니라, 북한에 사는 사람들이 식량, 의약품, 교육의 어려움으로 고통받고 있는가 인도적 상황이 열악한가를 기준으로 봐야한다. 종교, 민족, 정권과 관계없이 사람이 위기 상황에 부닥쳤으면 인도적 지원을 해야 한다.

두 번째는 인도적 지원이 인도적 위기 상황 개선에 도움이 되는가를 판단해야 한다. 우리가 지원한 것이 100%는 아니더라도 70%라도 가면 지원을 해야 한다. 필요한 사람한테 전혀 안가고, 위기 극복에 도움이 안 된다면 중단해야 한다. 또 북한 정부도 인도적 지원에는 반드시 모니터링이 따라야 한다는 인식을 해야 한다. 우리가 모니터링에 너무 정치적 관점을 가져서도 안 되지만, 북한 정부도 유엔 등 국제기구의 모니터링은 받으면서 같은 민족인 우리의 지원에 대해서는 모니터링을 거부한다면 그것도 맞지 않다.

-평화재단 이사장 법륜스님 대화에서….

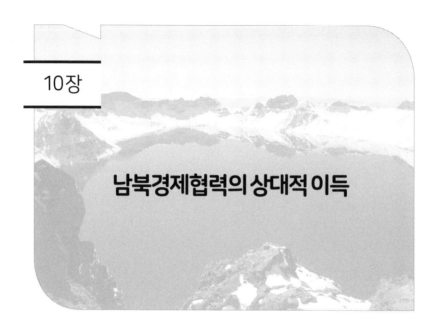

10장

남북경제협력의 상대적 이득

"남북의 경제협력은 남과 북 어느 쪽에 더 이로울까요?"

남과 북은 1988년 이래 금강산 관광, 개성공단 등 경제협력사업을 펼쳐 왔으나, 2016년 개성공단 가동중단과 함께 전면 중단된 상태이다.

판문점 선언 이후 남한 정부는 남북경제협력을 본격화 할 뜻을 밝혔고, 재개에 대한 논의가 본격화되면서 우리 기업과 접경지의 지자체의 기대감도 높아지고 있다. 남북경제협력이 본격화 된다면 남과 북, 양자 중 누구에게 더 큰 이익이 될까?

10-1 / 북한에게 더 이롭다

북한은 북미관계와 남북관계를 개선하여 국제사회의 경제제재를 해소하고 낙후한 경제를 발전시키고자 한다. 북한은 남한만이 아니라 미, 중, 러, 일, EU 등 모두와 경제협력을 추진할 것이며, 경쟁은 불가피하다. 이 경우 북한의 선택의 폭은 넓어지고 남한과의 협력 비중은 차츰 줄어들 수 있다.

10-2 / 남한에게 더 이롭다

2013년 현대경제연구원은 "10년간 개성공단은 남한에는 32.6억 달러의 내수 진작 효과를, 북한에는 3.8억 달러의 외화 수입을 가져다주었다"고 발표했다. 같은 언어를 쓰고 지리적으로 가까운 이점으로 인해, 남북 경제협력은 상대적으로 남한에게 더 큰 이익을 가져다줄 수 있다. 남북경제협력은 남한 경제가 도약할 수 있는 새로운 성장 동력이다.

10-3 / 남북 모두에게 이롭다

현 정부의 한반도 신경제구상에 따르면 서해,동해, 그리고 접경지역 (비무장지대)에 각각 경제벨트가 형성될 것 같다. 이렇게 H자 모양으로 연결된 3대 경제벨트가 주변국들과 연결되면 한반도 동북아시아 경제

의 중심축이 될 것이다. 따라서 남북경제협력은 남과 북 모두를 이롭게
하고 나아가 동북아시아 경제 전체에 기여할 수 있다.

남북경제협력 : 남한과 북한의 주민(법인, 단체 포함)이 공동으로 경제적 이익을 도
모하는 사업, 구체적으로 남북 주민간의 합작, 단독투자, 제3국과의 합작투자는 물
론 북한주민의 고용, 용역제공 등을 포함한다.

한반도 신경제구상 : 현 정부가 내건 국정과제의 하나로 서해 · 동해 · 접경지역에 3
대 경제협력 벨트를 구축해 남북한을 하나의 시장으로 통합하고 이를 주변국 경제
권과 연결한다는 구상이다.

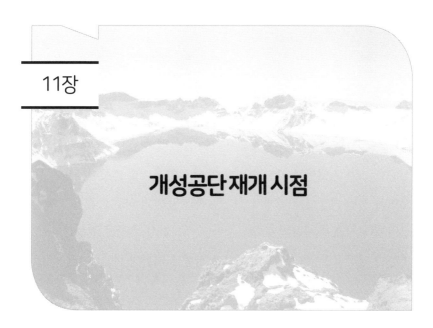

11장

개성공단 재개 시점

"개성공단 재개는 어떤 속도로 진행되어야 하는가?"

남북 협력의 상징이었던 개성공단은 현재 가동이 중단된 상태이다. 남북, 북미 정상회담 이후 개성공단을 언제 어떤 조건으로 재개할 것인지에 관한 논의가 활발하다.

개성공단 재개에 대한 의견 역시 조속하게 재개해야 한다는 의견과, 북한의 전향적 조치 등의 상황에 따라 신중하게 추진해야 한다는 의견으로 나뉘고 있다.

11-1 / 조속히 재개되어야 한다

개성공단의 가동은 조속히 재개되어야 한다. 지난 정부의 개성공단 중단 조치가 핵실험, 미사일 발사 등 북한의 군사적 도발에 대응한 조치였다 할지라도, 의사결정 과정에서 절차적 문제가 있었을 뿐 아니라 개성공단 입주 기업인과 사전 협의도 없이 일방적으로 결정되었으며, 그로 인해 우리 기업에게 경제적으로 큰 손실을 안겨주었다. 개성공단 임금이 군사적으로 사용되었다는 주장은 무리하고 과장된 주장이다. 무엇보다 개성공단은 남북협력, 나아가 한반도 평화와 번영의 미래를 보여주는 소중한 사례이다.

11-2 / 신중하게 추진되어야 한다

개성공단의 재가동은 신중하게 접근해야 한다. 개성공단의 중단은 북한의 지속적인 핵실험과 미사일 발사 등 군사적 도발에 대응한 결과이다. 개성공단의 북한 노동자에게 지급되는 임금(현금)이 북한의 핵·미사일 개발에 유용되지 않도록 해야 한다.

개성공단의 중단은 국제사회의 대북제재에 동참하는 결정이기도 했다. 따라서 비핵화 조치 등 북한의 전향적인 조치가 뒤따르지 않는 상황에서 독자적으로 개성공단의 가동을 재개하는 것은 적절하지 않다.

개성공단 연혁 : 개성공단은 남북이 합의하여 북측 지역인 개성시 봉동리 일대에 개발한 공업단지이다. 2003년 6월 개성공단이 시작되었으며, 개성공단조성은 자본과 기술, 북측의 토지와 인력이 결합하여 남북교류협력의 새로운 장을 마련하였다. 그러나, 2016년 2월 10일 우리 정부가 전면중단을 선언한 이래 폐쇄되었다.

11-3 / UN제재에 해당되지 않는 부분부터

개성공단 사업은 UN 제재에 해당되지 않는 부분부터 가급적 빨리 개선했으면 한다. 투자보다는 순익이 15~30배 이상 크다는 결과에 시선을 옮겨야 한다.

5만 3000여명의 임금 1억불 정도를 투자해서 15~30억 달러를 벌어오고 있다.

11-4 / 개성공단의 성공

우리는 2003년부터 개성공단을 통해 남북협력 사업을 추진해왔으며 2007년 10월에 있었던 남북정상회담에서는 분쟁의 서해바다를 공동이익을 창출하는 평화협력특별지대로 만들자는데도 합의했다. 비록 지금은 막혀 있으나 동해안의 휴전선을 뚫고 금강산 관광사업도 실현시켰다.

이 중에서도 개성공단은 남북관계가 한국전쟁 이후 최악의 상태에 빠졌다는 이명박정부 아래서도 여전히 공장이 가동되고 기업들이 수익을 냄으로써 남북협력의 안정성과 수익성을 입증시켜주었다.

2011년 12월 현재 개성공단에는 123개의 남한 기업이 가동중이며 5만여 명의 북한 근로자가 일하고 있다. 2010년 12월에 한국산업공단 산하 산업입지연구소가 지식경제부에 제출한 용역 보고서에 따르면 2005년부터 2010년 9월까지 개성공단이 남한경제에 미친 생산 유발효과가 5조 2668억 원이며, 부가가치 유발효과도 1조 5275억 원이었다고 한다. 국내에서 2만 7547명의 취업자도 유발시켰다고 한다. 북한이 얻은 수입은 연간 600여 억 원이었는데, 대부분이 근로자들의 임금이었다.

개성공단 입주기업들은 2010년 3월에 발생한 천안함 사태 직후 정부가 북한에 경제제재를 가하는 '5-24조치'를 발효하면서 개성공단 출입이 통제되는 등 최악의 기업환경 속에 놓인 적이 있었다. 바로 그 시기였던 2010년 10월에 산업입지연구소가 개성공단 입주기업들을 전수 조사한 결과 경영활동 만족도와 관련하여 33.3%가 만족스럽다고 대답했으며 34.7%가 보통으로 31.9%만이 불만스럽다는 의견이었다고 한다. 최악의 경영 여건에서도 이 정도의 만족도가 나왔다는 것은 입주기업들이 개성공단의 가치를 그만큼 높이 평가한다는 뜻이다.

결국 개성공단은 남한의 자본·기술과 북한의 노동력·토지를 결합한 남북협력 사업이 노동자들의 고임금으로 인해 중국과 동남아를 전전하던 한국의 노동집약적 산업들에게 새롭게 도약할 기회가 된다는 사실을 증명했다. 개성공단 사업은 북한에게도 정당한 노동과 토지제공을 통해 부를 축적할 수 있다는 사실을 실감케 했으며 북한이 시장경제를 배워가는 데도 큰 역할을 하고 있다.

11-5 / 서해평화협력특별지대

개성공단 이외에도 남북협력이 당장 우리에게 블루칩이라는 것을 보여주는 또 다른 사업이 서해평화협력특별지대다. 남북이 서해 북방한계선에서 군사적 긴장을 완화하고 평화협력지대를 만들고자 하는 이 사업이 실현되면 한국경제의 공간 자체가 크게 확장된다.

노무현 대통령은 2007년 10월에 평양을 방문하여 북한의 김정일 국방위원장과 정상회담을 통해 10·4 남북정상선언을 발표했다. 이 선언에서 남과 북은 긴장의 서해바다를 평화와 공동이익을 창출하는 바다로 바꾸기 위한 서해평화협력특별지대 절차에 합의했다. 서해평화협력특별지대는 NLL과 그 주변지역을 남북 공동어로, 해주 경제특구, 한강 하구 공동개발 등을 통해 공동사업 구역으로 전환시키고 이를 군사적으로 보장함으로써 군사적 갈등을 원천적으로 억제하고 지역 내 평화와 번영을 도모하자는 구상이다.

이 사업이 성공적으로 진행되면 남과북은 군사적 갈등으로 인한 비용 소모 대신에 평화를 얻고 상당한 경제적 이익을 취하게 될 것이다. 그러나 서해평화협력특별지대가 특별한 의미를 지니는 것은 이 사업이 황해경제권 형성의 출발점이기 때문이다.

12장

남북교류협력 과정의 성평등 보장

"남녀 간 동등한 기회 보장, 남북교류협력의 필수요건으로
삼아야 할 것인가?"

남녀 모두에게 동등한 의사 결정 참여기회와 동등한 대표권을 보장
하는 것에 관한 사회적 토론이 활발하다. 남녀 간 동등한 기회를 보장하
는 것이 남북교류협력의 필수요건이 되어야 한다는 주장이 제기되는
한편, 남북관계의 현실적 여건 등을 고려할 때 필수요건이 될 수 없다는
반론이 있다. 어떻게 되어야 한다고 생각하나?

12-1 / 필수요건이 되어야 한다

성평등은 예외 없이 보편적으로 적용되어야 할 원칙이다. 동수는 아니더라도 최소한 특정 성이 차지하는 비율이 2/3 이상이 되지 않도록 하는 것은 필수요건이 되어야 한다. 남북관계라고 해서 예외일 수 없다. 여성이 평화·안보 관련 의사결정에 동등하게 참여하도록 하는 것은 UN 안보리 결의사항이기도 하다.

12-2 / 필수요건이 될 수 없다

북한을 상대하는 일은 비교적 특수한 활동영역에 속한다. 때문에 남자든 여자든 북한에 대한 이해와 교류협력의 경험이 풍부한 인문들이 중요한 역할을 담당하는 것이 불가피하다. 여성 참여 비율 등을 일률적으로 적용하는 것을 필수요건으로 삼는 것은 어렵다.

여성 · 평화 · 안보에 대한 UN 안전보장이사회 결의 1325호 (2000.10.31) : 유엔 안전보장이사회 최초의 여성 관련 결의문이다. 무력분쟁으로 인해 불리한 상황에 처한 이의 대다수가 민간인들, 특히 여성과 아동들이므로, 평화·안전·안보와 관련된 정책결정 집행에 여성들이 동등하게 참여하도록 하고, 그 모든 단계에서 여성대표를 증원할 것을 UN회원국에게 촉구하고 있다.

분단체제가 만들어낸 불평등한 성별구조에서 여성은 열등한 존재로 취급되어 왔으며, 남성은 무의식적으로 학습된 우월감에 익숙해져 있다. 최근 여성의 사회적 진출이 본격화되면서 일각에서는 여성우위의 시대라는 비아냥거림이 터져 나오기도 하지만, 한국사회의 성불평등 구조는 공고하기만 하다. 게다가 남성우월적 문화는 사회구조 이면으로 깊숙이 파고 들어가고 있다.

사실 서구에서 시작된 '미투'운동이 이렇게 큰 방향을 몰고 올 것을 예상한 사람은 그리 많지 않다. 아마도 한국사회 이면에 존재해 온 여성에 대한 폭력이 이 정도로 일상적이며 전방위적일지는 그 누구도 예측하지 못했기 때문이리라. 존경받아온 문화예술계의 거장부터, 진보적 정치인과 종교인, 영향력 있는 학자까지 한국사회를 대표하는 이들의 동물적 폭력성은 입에 담기 어려울 정도로 끔찍하다. 상대방의 몸과 마음을 '정복'할 수 있다는 그들의 오만이다.

더 비관적인 사실은 이러한 성폭력이 단순히 유명 권력자 몇몇의 일탈적이며 범죄적 행위가 아닌, 여성이라면 지위고하를 막론하고 일생에 한번은 겪어 봄직한 공통의 경험이라는 점이다.

한국사회의 남성중심적 사고방식과 성폭력 문화의 근원을 전쟁과 분단체제가 생산한 상시적 '비상사태(state of emergency)'를 주목하고자 하는 것이다.

사실 한국사회의 비틀어진 성문화는 가부장제만의 문제로 단순화하기 어렵다. 근대사회가 도래하고, 산업화가 진행되면서 더욱 공고해진

가부장제는 사적영역과 공적영역을 가리지 않고 문화와 규범이라는 외피를 쓴채 계속되어 왔다.

13장

금강산 관광 중단

13-1 / 금강산 주변의 변화

　금강산에 남측 관광객 발걸음이 끊긴 것은 남측 관광객 박왕자 씨 피격·사망 사건이 발생한 2008년 7월이다. 2009년 8월 현정은 현대아산 회장이 김정일 국방위원장을 만나 면담하고 금강산 관광을 재개하기로 합의했지만, 2010년 5·24 조치로 민간 교류가 차단됨에 따라 되돌리기 어렵게 됐다.

　금강산 방문 차단 후 약 11년 만에 금강산을 가 본 방문객의 이야기다.

　"2006년 마지막으로 금강산을 갔을 때 보초병들이 있었는데, 이번에는 보초병이 보이지 않고 방북단을 안내하는 분홍색 옷을 입은 젊은 북한 여성이 삼일포를 설명하면서 '이렇게 아름다운 삼일포 풍경을 남북한 인민이 함께 봐야 하지 않겠습네까'라고 덧붙이는데, 그 모습이 어찌나 예쁘던지요. 통제사회인 북한에서는 위의 생각이 아래로 내려오잖아요. 북한이 과거와 달리 달라졌다는 걸 실감할 수 있었습니다. 남북 교류에 대한 북한의 열망과 기대감도 느낄 수 있었고요."

13-2 / 금강산 관광의 중단 사퇴

당시 금강산 중단 사건은 다음과 같다.

금강산 관광객 박왕자 씨는 넘어서는 안되는 남북경계선을 넘어 갔다. 사전 교육도 받았는데 아침 산책을 하며 북한군의 초대소 근처까지 간 것이다. 인민군 보초병이 멈추라고 소리를 질렀는데도 멈추지 않고 그 여인은 남쪽으로 도망갔다. 경계선을 넘기 전에 그녀는 북측의 보초병 총탄에 맞아 쓰러졌다.

일부 여론은 비무장 여인을 뒤에서 총을 쏘아 사망케 하는 것은 과잉 방어라고 한다. 그러나 북측 보초병은 그 여인을 체포하지 못하면 근무자세의 태만으로 군사재판에 회부될 수도 있었을 것이다. 따라서 경계선을 넘어간 사람도 문제가 있고 "멈추라"는 명령을 무시한 것도 문제요, 인민군의 과잉 방어도 문제였다.

결국 이 사건으로 이명박 대통령은 금강산 관광을 중지시켰다. 그 후 현정은 회장은 김정일 위원장으로 부터 유감스러운 사건이 발생했다고 간접적인 사과를 받았는데도 정식 사과가 아니라고 이명박 대통령은 관광 사업을 중단시켰다.

13-3 / 금강산을 국제적 관광지로

적지 않은 사람들이 금강산 관광을 북한에 돈이나 갖다 주는 아주 잘못된 사업으로 인식하고 있다. 그러다 보니 이명박정부는 2008년 7월에 통행금지 구역을 넘어간 남한 관광객이 북한군에 의해 피살된 사건이 발생한 이후 이 사업을 아예 중단시켰다. 그러나 금강산 관광은 재개되어야 한다.

그동안 금강산 관광이 우리 안보에 주는 이익이나 남북화해에 미치는 긍정적인 영향을 입증하는 많은 실증연구가 있었다. 그러나 아직까지 금강산 관광이 경제적으로도 막대한 부를 창출할 수 있다는 점은 덜 알려져 있다.

그동안 금강산 관광은 주로 국내 관광객에 한정되었다. 그러다 보니 그 경제효과에 대해서도 말이 많았다. 그러나 현대그룹은 애초에 북한과 금강산을 국제관광특구로 개발하기로 합의했다. 지금 이 합의대로 금강산을 국제관광특구로 발전시키고 이를 남한의 설악산, 강릉, 평창(동계올림픽 개최지)과 연계시켜 개발한다면 남과 북은 커다란 경제적 부를 공동으로 창출할 수 있을 것으로 보인다.

물론 금강산 북쪽에 위치한 북한의 유명한 해양도시인 원산을 함께 개발하면 더욱 좋다. 이러한 전망을 하는 이유는 최근 중국의 해외관광이 급증하고 있기 때문이다. 2010년에 해외관광을 한 중국인은 5000만 명을 넘었으며 2015년경에는 1억 명에 달할 것이라고 전망했다. 이 중에서 얼마나 많은 관광객을 한국 국내로 유치하느냐 하는 것은 우리 경제의 중요한 과제라고 할 수 있다. 참고로 2011년에 남한을 찾는 중국 관광객이 200만명을 넘어섰다.

여기서 중국관광객을 대거 유치할 수 있는 유력한 방법이 바로 금강산과 강원도의 명소를 연계하는 관광의 실현이다. 중국인들은 휴전선을 오가며 남북의 명소를 구경하는 식의 이벤트성 관광에 아주 관심이 많다.

보통 서방 사람들은 북한에 대한 부정적인 인식과 두려움 때문에 비록 금강산이라 하더라도 북한을 관광한다는 것 자체에 소극적이다. 그러나 중국인들은 다르다.

그들은 북한처럼 사회주의 제도 속에서 오래 살아왔으며, 중국과 북한이 오랫동안 우호관계를 맺어왔기 때문에 북한 관광에 대해서도 적극적이다. 아마 금강산과 남한의 명소를 연결하는 남북한 연계관광이 실현된다면 매년 수백만 명의 중국관광객이 이곳을 찾을 것이다. 많은 중국인들이 휴전선을 오가며 남북의 명소를 구경하고 레저를 즐기는데 관심을 가질 것이다.

결국 금강산 관광은 우리가 활용하기에 따라서는 강원도의 유력한 먹고 살거리가 될 수 있다는 얘기다. 강원도는 환경오염을 유발하는 공장을 건설하지 않아도 금강산-설악산-강릉-평창 연계 관광 벨트를 실현시켜 중국관광객을 받아들이면 관광으로 충분히 먹고살 수 있는 고장으로 발전할 수 있는 것이다.

그런데 금강산 관광은 이러한 경제적 실익을 넘어서 우리에게는 민족화해와 통일의 상징이기도 하다. 기성세대에게 금강산 관광은 하나의 소원이었다. 그들은 "금강산 찾아가자 1만 2000봉"이라는 노랫가락에 맞춰 고무줄놀이를 하며 어린 시절을 보냈다.

14장

북한에 얼마나 퍼주었나

14-1 / 퍼주었다고 보는 견해

2001년 4월 18일 이회창 한나라당 총재가 "현대는 북한에 퍼 주고 우리 정부는 현대에 퍼주고, 국민들은 정부에 퍼 주고 있다"는 이야기를 했는데, 이것이 과연 얼마나 사실에 부합하는 주장인지 궁금하다.

'퍼 주기'공격이 계속 이어진 끝에 결국 이명박·박근혜 정부에서는 대북 인도적 지원을 끊었고, 남북관계도 단절되었다. 그러는 동안 "북한 경제가 무너져 주민들이 대거 남한으로 밀려들면 비극이 될 것이므로 남한이 북한을 지원하는 것은 무조건 효과가 있다"는 귄터 그라스 Gunter Grass(1999년도 노벨문학상 수상자)의 언급이다. "남북 경협은 북한에 대한 퍼 주기 사업이 아니다. 중소기업들이 대안으로 선택한 희망이다"라는 김기문 중소기업중앙회 회장의 언급은 어느 사이 기억 속으로 사라졌다. 그 자신이 대북 강경론의 대표주자 중 한 명이었으면 서도 2007년 제 2차 남북 정상회담에 대해 "남한이 북한보다 경제적으로 월등히 우월하다. 우리가 밑지고 양보하는 것 같아도 포용하면서 풀어 가는 것이 맞다"며 전향적으로 평가했던 정형근 의원이 보수단체 회원들에게 달걀 세례를 받은 것은 어찌보면 상징적인 장면이 아니었나 싶다.

한국이 국제 사회에서 자랑스럽게 생각하는 부분이 바로 '원조를 받던 나라에서 원조를 하는 나라가 된 유일한 사례'라는 것이다.

한국 정부는 개발도상국에 다양한 방식으로 유무상 원조를 하고 있으며, 원조액을 더 늘려야 한다는 논의도 활발하다. 하지만 그런 한편 북한에 대해서는 대북 지원이 핵 개발에 이용된다는 비판이 끊이지 않고 있다. 이것 역시 과연 어디까지가 사실인지 알고 싶다.

"사실이 아니다." 박한식 교수의 말이다. 전직 대통령이 언론지상에서 대놓고 논쟁을 벌이는 일은 흔치 않은 경우이다. 그런데 몇 년 전에 그런 일이 실제로 일어났다. 2009년 7월 유럽을 방문한 이명박 대통령은 7월 7일 폴란드 수도인 바르샤바에서 유럽 뉴스 전문 채널인 〈유로 뉴스 Euro News〉와 인터뷰를 가졌다. 그는 "강경한 대북정책을 추진하는 것이 아니냐"라는 질문을 받고, "지난 10년간(김대중·노무현 정부 때인) 막대한 돈을 지원했으나 그 돈이 북한 사회의 개방을 돕는데 사용되지 않고 핵무장하는 데 이용되었다는 의혹이 일고 있다(사실 증거 못 찾음)"라고 답했다. 이 발언을 보도한 〈서울신문〉(2009년 7월 9일 자)

은 청와대 핵심 관계자의 말을 인용해 "이 대통령의 북핵 관련 발언은 평소에도 늘 하던 말"이라고 전했다. 기사를 보면 그 핵심 관계자는 뒤이어 "같은 물을 젖소가 마시면 우유가 되고 뱀이 마시면 독이 되는 것 아니냐"면서 지난 정권의 대북 지원금이 북한의 핵 개발에 쓰였을 것이란 점에 국민적 공감대가 형성되어 있다고 주장했다고 한다.

이명박 대통령은 그 직전인 2009년 3월 30일 자 영국 〈파이낸셜타임스 Financial Times〉에 게재된 인터뷰에서도 "북한을 많이 지원했지만 북한은 결과적으로 핵무기를 만들었다. 이로 인해 우리 국민들의 대북 신뢰도는 전보다 많이 후퇴했다"고 이야기했다. 그러고 보면 '대북 퍼 주기가 핵 개발로 이어졌다'는 인식은 이명박 대통령의 평소 소신이었다고 보아야 할 듯 하다. 여러 정황을 종합해 보면 비단 이명박 대통령뿐 아니라 당시 새누리당 구성원 모두가 공유하는 인식의 틀이라고 할 수 있다.

2000년 제 1차 남북 정상회담 직후 한나라당(현 자유한국당) 소속이었던 김용갑 의원이 대북 식량 지원 방침을 비난하면서 처음 사용한 '대북 퍼 주기'라는 말은 이후 햇볕정책 비난을 상징하는 용어가 되었다. '퍼 주기'라는 담론은 대북 지원액이 얼마나 되는지, 중장기 국가재정 전략에 비추어 볼 때 적정한 수준인지 등에 대한 토론을 가로막고 정부의 대북정책의 선택 폭을 심각하게 제약했다. 하지만 정작 '대북 퍼 주기'의 실제 규모는 어느 정도인지, 다른 사업 예산과 비교해 많은지 적은지, 과도하다면 얼마나 과도한지 등에 대한 차분하고 성숙한 토론은 거의 이루어지지 않았다. 이는 퍼 주기라는 담론의 부산물이기도 하지만 어떤 측면에서는 퍼 주기라는 담론을 이야기하고 확대시키는 쪽이

의도한 것일 수도 있다.

-박한식 교수 글에서

14-2 / 퍼 준것이 없다는 견해

이명박 대통령의 인터뷰 소식이 알려진 뒤 김대중 전 대통령은 즉각 반박하고 나섰다. 김대중 전 대통령은 7월 10일 영국 BBC 서울 특파원과 인터뷰를 가졌는데, 7월 17일 BBC의 한반도 관련 특집 방송에 포함된 내용을 보면 북한은 대북 지원을 받기 이전부터 이미 핵 개발에 나섰다는 점에서 대북 지원을 핵 개발과 연계시키는 것은 어불성설이라고 밝혔다.

북한이 핵 개발을 한 것은 자신이 대통령이 취임하기 이전, 즉 새누리당의 전신인 민주자유당-신한국당-한나라당이 정권을 잡고 있을 때였음을 꼬집은 것이다. 또한 김대중 전 대통령은 "국민의 정부"는 북한에 현금을 준 적이 없다. 대신 매년 20~30만 톤씩 식량과 비료를 지원했다. 그런 것을 가지고 핵은 못 만들지 않느냐"라고 반문하기도 했다.

이들 대통령 사이에서 벌어진 논쟁을 보면 대북 인도적 지원 문제란 단순히 인도주의 차원이 아니라 남북관계라는 전반적인 맥락 속에 위치해 있다는 점, 그리고 대북정책 방향을 어떻게 설정 하느냐에 따라 대북 지원에 대한 입장이 극과 극으로 달라진다는 점을 느끼게 된다. 특히 '대북 퍼 주기'라는 프레임은 자연스레 '북한에 너무 많이 주었다. 그것도 별 실익도 없이 갖다주었다'는 진단을 도출하는 효과가 있다는 점에서 반드시 짚고 넘어가야 할 주제가 아닐까 생각한다.

14-3 / 증거 없는 퍼주기 주장

증거 없는 퍼주기 문제로 전직 대통령과 현직 대통령이 언론지상에서 대놓고 논쟁을 벌이는 일은 흔치 않은 경우이다. 그리고 보면 '대북 퍼 주기가 핵 개발로 이어졌다'는 인식은 이명박 대통령의 평소 소신이었다고 보아야 할 듯하다. 여러 정황을 종합해보면 비단 이명박 대통령뿐 아니라 당시 새누리당(현 한나라당) 구성원 모두가 공유하는 인식의 틀이라고 할 수 있다.

14-4 / 대북 지원 내역 뜯어보기

2000년 제 1차 남북 정상회담 직후 한나라당(현 자유한국당) 소속이었던 김용갑 의원이 대북 식량 지원 방침을 비난하면서 처음 사용한 '대북 퍼 주기'라는 말은 이후 햇볕정책 비난을 상징하는 용어가 되었다. '퍼 주기'라는 담론은 대북 지원액이 얼마나 되는지, 중장기 국가재정 전략에 비추어 볼 때 적정한 수준인지 등에 대한 토론을 가로막고 정부의 대북정책의 선택 폭을 심각하게 제약했다. 하지만 정작 '대북 퍼 주기'의 실제 규모는 어느 정도인지, 다른 사업 예산과 비교해 많은지 적은지, 과도하다면 얼마나 과도한지 등에 대한 차분하고 성숙한 토론은 거의 이루어지지 않았다. 이는 퍼 주기라는 담론의 부산물이기도 하지만 어떤 측면에서는 퍼 주기라는 담론을 이야기하고 확대시키는 쪽이 의도한 것일 수도 있다.

'대북 퍼 주기' 규모를 밝히기 전에 먼저 분명히 해야 할 것은 대북 지원과 남북경협, 민간 상거래 등을 구분해야 한다는 것이다. '퍼 주기' 라는 담론은 당초 대북 쌀 지원 논란 와중에 출현했지만, 시간이 지나면서 금강산 관광이나 개성공단 등 대북정책과 관련한 거의 모든 영역으로 확대되면서 개념상의 혼란이 극심해졌다. '퍼 주기'는 애초 '정부'가 북한에 '지원', 특히 '무상 지원' 하는 것을 지칭했다. 그런데 금강산 관광이나 개성공단 등 남북 경제협력은 '지원'이 아니라 '투자'라는 점에서, 현대가 50년간 금강산 관광 사업권을 갖는 대가로 지불한 4500만 달러 등은 민간기업 상거래를 위한 지불이라는 점에서 '대북 지원'과는 다른 범주이다. 그 구분만 분명히 해도 혼란을 상당 부분 정리할 수 있지 않을까 생각된다.

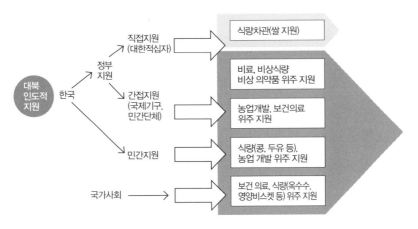

그림 14-1 주제별 대북 인도적 지원 (출처: 국회예산정책처)

많은 사람이 대북 인도적 지원은 제 1차 남북 정상회담 이후 즉 김대중 정부가 처음 시작한 것으로 알고 있지만 사실 첫 대북 지원은 1995년에 있었다. 그해 8월 대규모 수해가 발생하자 북측은 국제 사회에 식량 지원을 공식 요청했고, 김영삼 정부는 9월 쌀 13만 톤(1854억 원 상당)을 지원했다. 1995년에서 1997년 사이 김영삼 정부가 북한에 제공한 대북 인도적 지원은 2118억 원이었고, 민간 차원에서 이루어진 196억 원을 합하면 2314억 원 규모였다. 그럼 말도 많고 탈도 많은 김대중·노무현 정부 10년간 대북 인도적 지원 총규모는 얼마일까? 통일부(2008)에 따르면 김대중·노무현 정부가 집행한 대북 지원 규모는 1조 8786억 원에 해당하는 현물이다. 여기에 '10년 거치, 20년 분할 상환, 이자율 1퍼센트 조건'으로 현물을 제공한 식량차관 8872억 원을 사실상 무상 지원으로 인정하더라도 2조 7658억 원(김대중 정부 8396억 원, 노무현 정부 1조 8382억 원)이다.

대북 지원사업은 북한에 '현금'을 지원했다는 비판을 숱하게 받았다. 2017년 대선에서도 그런 장면이 되풀이되었던 것을 기억할 것이다. 하지만 대북 지원사업 중에서 현금을 직접 지원한 경우는 없었다. 10년간 대북 지원액 2조 7658억 원 중 가장 큰 비중을 차지하는 것은 식량차관(8872억 원)과 비료 지원(7872억 원)이다. 이 두 가지가 대북 지원액의 60퍼센트가 넘는 1조 6744억 원 규모이다. 식량차관은 2000년에 외국산 쌀 30만 톤과 중국산 옥수수 20만 톤을 시작으로, 2002년에서 2004년 쌀 40만 톤, 2005년 쌀 50만 톤, 2007년 쌀 40만 톤 등이었다. 나머지는 민간단체를 통한 지원이 852억 원, 국제기구를 통한 옥수수나 분유 지원 등이 1587억 원이다.

남북협력기금을 재원으로 하는 대북 지원사업은 사업 시행 주체를 기준으로 정부 차원과 민간 차원으로 나눌 수 있는데, 민간차원의 사업에 대해서는 2000년부터 통일부가 자격을 인정하는 민간단체의 대북 지원에 대해 매칭펀드 형태로 지원했다. 정부 차원과 별개로 1995년부터 2007년까지 민간 차원의 지원액은 7171억 원이었다. 이 중 1757억 원(25퍼센트)은 대한적십자사(국제적십자사 포함)를 통해 북한에 전달됐고, 나머지 5414억 원은 대북사업 민간단체를 통해 지원했다.

정부 스스로 밝힌 자료에서도 명확히 드러나듯이 적어도 김대중 · 노무현 정부 10년 동안 북한에 지원한 내역 중에 '현금'은 없었다. 이에 대해서는 '남북경협을 통해 들어간 돈이 핵 개발에 쓰였을 수도 있지 않느냐'는 반박을 할 수도 있을 것이다.

'철도와 도로 건설' 차관은 자재와 장비를 제공한 것이고, '경공업 원자재 제공'도 현물 지원이다. 모두 현금 지원과는 거리가 먼 것들이다. 그렇다면 금강산이나 개성공단 사업을 위한 대가로 지불한 돈은 어떻게 보아야 할까. 이럴 때 쓰는 적합한 용어가 있다. 바로 '투자'이다. 한국 기업이 외국에 진출해 토지를 구입한 뒤 공장을 세우고 현지 노동자를 고용해서 일을 시킨다고 생각해보자. 토지 소유주에게 토지 구입비를 지불해야 하고, 당국에 공장 등록을 해야 하며 그에 따른 각종 세금이나 부담금도 내야 한다. 우리는 그런 돈을 '퍼 주기'라고 하지 않는다. 상거래는 기본적으로 이익을 낼 수 있다고 판단했을 때 하는 것이다. 현대가 북한에 투자를 한 것은 현대가 공익재단이어서가 아니다.

이명박 정부 이후 남북관계가 '관계'라는 말 자체가 무색할 정도로 흘러가면서 자연스럽게 남북협력기금 등 북한과 관련한 예산은 쓸 곳을 찾지 못해 집행하지 못하는 상황이 계속되었다. 2008년의 남북협력 기금 사업비 집행률은 계획현액(계획+이월) 1조 2746억 원 대비 18.1 퍼센트에 불과했다. 그중 대북 식량 지원인 인도적 지원(융자)사업은 1974억 원 전액 불용되었고, 민간단체와 국제기구 등을 통한 지원도 당초 계획액 2672억 원 중 2304억 원이 불용되었다. 이런 상황은 이명박 정부 임기 내내 계속되었다. 예를 들면 2009년에는 남북협력기금 계획현액 1조 1612억 원 중 집행률이 8.6 퍼센트뿐이었고, 인도적 지원사업 계획현액 7294억 원 중 집행액은 192억 원, 집행률은 2.6 퍼센트를 기록했다. 박근혜 정부에서도 사정은 별반 달라지지 않았다.

표 14-1 연도별 대북 지원 현황

단위: 억원

구분	연도	무상			유상	총계
		정부	민간	계	정부(식량차관)	
김영삼 정부	1995	1,854	2	1,856	–	1,856
	1996	24	12	36	–	36
	1997	240	182	422	–	422
	1998	154	275	429	–	429
김대중 정부	1999	339	223	562	–	562
	2000	978	387	1,365	1,057	2,422
	2001	975	782	1,757	–	1,757
	2002	1,140	576	1,716	1,510	3,226
	2003	1,097	766	1,863	1,510	3,373

노무현 정부	2004	1,313	1,558	2,871	1,359	4,230
	2005	1,360	779	2,139	1,787	3,916
	2006	2,296	709	3,005	–	3,005
	2007	13,929	920	3,079	1,649	4,728
누계		13,929	7,171	21,100	8,872	29,972

＊주 : 민간단체에 대한 정부의 기금 지원(매칭지원) 분은 정부 지원에 포함
＊출처 : 통일부 통일백서, 2008 / 국회예산정책처, 2008, 214쪽

14-5 / '퍼주기'의 실체

'퍼 주기'의 실체를 처음 제대로 보도한 것은 다소 역설적으로 2008년 9월 19일 자 〈조선일보〉 1면 기사였다. "노무현 대통령과 북한 김정일 국방위원장이 서명한 10.4선언의 합의 사업을 이행하려면 14조 4000여억 원의 비용이 들 것이라고 통일부가 18일 밝혔다"로 시작하는 이 기사는 남북 정상회담이 너무 많은 예산을 들여야 한다는 점을 강조하려는 것이 목적이었고, 당시 한나라당 소속 윤상현 의원이 통일부에 요청해 받은 서면 답변 자료를 근거로 작성한 것이었다. "김대중 · 노무현 정부 10년 동안 인도적 지원, 경제협력 기반 조성, 경제협력 대가 등으로 재정과 민자를 합해 북한에 모두 3조 5000억 원 정도를 지원했다." 10년간 3조 5000억 원이면 1년에 3500억 원꼴이다. 이 정도를 퍼주기라고 할 수 있을까? 같은 날 〈한겨레〉 1면에 "통화 당국이 3조 5000억 원의 긴급 유동성을 시장에 공급했다" 라는 기사가 났다. 이것은 퍼주기일까, 아닐까? 액수는 같다.

대북 '퍼 주기'는 밑 빠진 독에 물 붓기라는 예산 낭비의 전형처럼 생각하는 사람들이 많다. 그런데 다른 한쪽에서는 한 번에 그만한 액수를 지원하지만 어느 누구도 여기에 대해서 '퍼 주기'라고 이야기하지 않는다. 예를 들면 경상남도가 마창대교와 주변 연결 도로를 건설하는 데 쓴 예산이 3800억 원이다. 1년에 3500억 원꼴로 지원해서 '퍼 주기'라며 욕이란 욕은 다 먹었는데, 다른 곳에서는 다리 하나 건설하는데 3500억 원을 썼다고 한다. 다리를 짓는 것은 퍼 주기일까, '투자'일까?

대북 '퍼 주기'라는 시끄러운 논란 속에서도 우리는 "도대체 얼마나 퍼 줬는데?"라는 질문에 답을 할 만한 통계 자료조차 제대로 찾아보지 않았다. '퍼 주기'를 그토록 비판했던 어느 누구도 김대중·노무현 정부 10년 동안 대북 인도적 지원에 쓴 돈이 다리 하나 건설하는 예산보다 적은 연평균 2766억 원이고, 5000만 국민 1인당 연평균 6000원도 안 되는 돈을 북한에 퍼 주었다고 말해 주지 않았다. 그런 점에서 보면 윤상현 의원과 〈조선일보〉가 참 큰일을 해냈다.

'퍼 주기'라는 비생산적인 논란을 통해 우리가 얻은 것은 무엇일까. 한 가지 확실한 것은 남북 간의 갈등은 계속 심화되었고, 자연스레 군사력 증강 등 갈등 비용이 급증했다는 사실이다. 연평도 폭격 이후 대응 체계 구축을 위한 군사력과 민간인 대피 시설 확충, 주민 정주 여건 개선 등을 위해 국회가 증액시킨 2011년도 추가 예산만 해도 3000억 원이 넘는다. 하다못해 미국조차 꾸준히 대북 인도적 지원을 계속해 왔다. 미국 의회조사국(CRS)이 발간한 보고서에 따르면 미국은 1994년 제네바 합의 이후 1995년부터 2009년까지 12억 8585만 달러(약 1조 5982억 원)에 이르는 식량, 에너지, 의약품 등 각종 생필품을 지원했다. 이 중 식량 지원은 225만 8164톤(7억 675만 달러 상당)이었고, 6자회담 합의에 따른 중유 지원도 1억 4600만 달러 정도 된다. 이외에도 북한의 경수로 발전소 건설을 위해 설립한 한반도에너지개발기구(KEDO) 관련 비용으로 1995년 이후 4억 370만 달러를 집행했고, 의약품 등 기타 생필품의 대북 지원에 940만 달러를 투입했다. 2009년부터 2013년까지도 약 2379만 달러 규모로 대북지원을 했다.

'전략적 인내' 정책을 폈던 오바마 대통령이 퇴임을 목전에 앞둔 2017년 연초에 함경북도 지역 수해 지원을 이유로 유엔을 통해 정부 차원에서 인도적 지원을 했다는 점도 주목할 대목이다 (〈한겨레〉, 2017년 1월 25일 자). 미국 정부 차원의 대북 인도적 지원은 2011년 민간구호 단체인 '사마리탄스 퍼스(사마리아인의 지갑)'를 통해 90만 달러를 지원한 이후 5년여 만이다. 오바마 행정부가 명분으로 삼은 함경북도 수해는 2016년 9월 초 발생했는데, 사망자와 실종자가 350명이 넘고, 유실되거나 파손된 가옥만 해도 3만 5000채가 넘는다는 유엔 발표에서 보듯이 그 피해가 상당했다. 북한이 국제 사회에 인도적 지원을 요청했고, 오바마 행정부는 이 요구에 호응함으로써 후임 행정부에 정치적 운신의 폭을 넓혀 주었다. 하지만 박근혜 정부는 국내 민간단체가 수해 지원을 위해 신청한 제3국 대북 접촉조차 불허했다. 결과적으로 문재인 정부는 대북정책을 말 그대로 원점보다도 못한 상황에서 시작하게 되었다. 이와 관련해 2010년 4월 15일 미국 시사주간지 〈뉴스위크〉에 영국 리즈대학교 연구원인 에이던 포스터 카터Aidan Foster Carter가 기고한 '북한을 잃어버리고 있다: 한국은 북방정책 펴야'라는 글은 여러 가지로 의미심장하다.

14-6 / 대북지원과 6.15 정상회담

• 대북지원이 필요한 이유는?

우리 사회 일부에서는 "경제도 어려운데 북한에 너무 퍼줘서 우리 경제만 어려워지고 있다"고 주장하는 경우가 있다. 정말 우리는 북한에게 너무 많은 지원을 하고 있는 것일까?

우선 1995년부터 2003년까지 정부와 민간단체를 포함해 우리가 북한에 지원한 규모는 9억 450만 달러 (정부: 6억 2,081만 달러, 민간단체: 2억 8,369만 달러)에 달한다. 연평균 1억 50만 달러 수준이다. 이를 우리 국민 1인당 수준으로 환산한다면(우리 인구 4천 7백만 기준) 매년 1인당 2.1달러 (약 2,500원) 정도씩 지원되었다고 할 수 있다.

참고로 우리나라의 음식물 쓰레기는 하루 40억 원, 연간 1인당 31만 4천원으로 (약 330달러) 1인당 연간 2달러 수준의 대북지원이 과다하다고 할 수는 없을 것이다.

한편 같은 기간 동안 국제사회의 대북지원 규모는 얼마일까? 1995년부터 2003년까지 국제사회의 대북지원 총 규모는 20억 3,550만 달러로 미국정부만 하더라도 6억 5천만 달러를 지원하여 같은 동포인 우리나라가 지원한 액수와 큰 차이가 없다.

• 우리가 북한에 지원을 하는 이유는 무엇일까?

우선 굶주리고 아픈 우리 동포들을 위해서이다. 북한 주민들이 굶주리고 아파도 제대로 치료받을 수 없는 것은 세계 모두가 인정하고 있는 현실이다. 그래서 국제 기구와 여러 나라의 민간 단체들이 북한에 식량과 의약품 등을 지원하고 있다. 이러한 상황에서 같은 민족으로 굶주리고 아픈 우리 북한동포들을 인도적 차원에서 돕는 것은 너무나 당연한 일이라 할 것이다.

다음으로 남북한간 믿음을 회복하고 평화를 유지하기 위해서이다. 같은 민족으로 북한을 지원해 도움을 주게되면 북한 주민들은 그만큼 우리에 대한 경계심을 풀고 화해협력의 길로 나오게 될 것이다.

마지막으로 장기적 관점에서 볼 때 통일 후 우리가 짊어져야 할 경제적 부담을 줄이기 위해서라도 대북지원은 지속되어야 한다. 식량이나 약품 등을 지원하지 않아 북한 주민들의 건강이 나빠진다면 결국 통일된 다음 북한 주민들의 삶을 개선하기 위한 비용을 추가로 부담해야 할 것이다. 따라서 미래에 한꺼번에 더 큰 경제적 부담을 지는 것을 막기 위해서라도 대북지원은 반드시 필요하다. 또한 대북지원은 평화유지비 역할도 하고 있다.

• 대북 지원이 '일방적 퍼주기' 인가?

현재 우리 사회에 일각에서는 대북 지원이 '일방적 퍼주기' 라는 비판이 제기되고 있는 것이 사실이다. 그런데 '퍼주기'라는 비판이 타당성을 지니고 있는지에 대해서는 다음의 두가지 측면을 생각해 볼 필요가 있다.

첫째는 과연 대북 지원에 대규모의 '퍼주기'가 이루어졌냐는 점이다.

두 번째는 대북 지원이 남북관계에 미치는 긍정적인 효과가 무엇이며, 실제로 그와 같은 효과가 나타나고 있는가 하는 점이다.

• '퍼주기'란 비판은 타당한가?

　대북 지원 규모를 살펴보면 대북지원이 시작된 1995년에서 2003년 10월말까지 보면 1억 달러가 조금 넘는 정도이다. 여기에 차관형식을 통해 제공된 2000년의 곡물 50만 톤과 2002년의 쌀 40만톤을 합하면 총 지원규모는 10억 9,248만 달러이며 연평균 지원규모는 1억 3,110만 달러 수준이다.

　이러한 대북 지원 규모는 남한 경제규모와 비교해 볼 때 지나친 수준은 아니라고 할 수 있다. 2002년 정부, 민간, 식량 차관을 포함한 대북지원 총액은 2억 4,092만 달러로 국민총소득 5,969억 달러의 0.035% 수준에 불과하며, 정부의 1년 예산의 약 0.1%에 지나지 않는다. 통일이전 서독의 대동독 지원규모가 연평균 32억 달러였음을 고려할 때도 결코 무리한 정도가 아니었음을 알 수 있다.

　2002년 우리 정부의 대외원조 규모는 4.8억 달러(해외 2.9억 달러, 북한 1.9억 달러)로 국민총소득(GNI)의 0.08% 수준이며, 이는 OECD 평균 0.39%나 유엔 권고치 0.7%에 비해 현저히 낮은 수준이다.

　우리의 대북 지원 효과에 대해서도 살펴볼 필요가 있다. 우리의 대북 지원은 무엇보다 인류의 보편적 가치인 인도주의와 한 민족으로서 동포애의 발로였다고 할 수 있다. 북한의 어려운 인도적 상황에 대해 전세계가 도움을 주고 있는 상황에서 정부와 민간이 나서 지원하는 것은 당연한 도리라고 할 것이다.

　대북 지원을 통해 그 동안 쌓여온 남북한간의 불신을 완화하고 화해, 협력을 증진시켰을 뿐 아니라, 한반도의 안보위협을 감소시킴으로써 우리 나라의 투자여건이 개선되어 IMF등으로 어려웠던 경제가 회복하는 데도 도움이 되었다.

대북지원의 효과와 그 반응

대북지원에 대한 '퍼주기' 논란은 실제로 우리 정부가 추진하고 있는 대북 지원 그 자체에 대한 비판이라기보다는 대북 지원과 교류, 협력이 본질적으로 북한의 변화를 유도할 수 있겠는가? 에 대한 비판적인 시각을 반영하고 있거나, 또는 대북 지원이 북한의 변화와 함께 이루어져야 한다는 시각을 담고 있는 것이라 하겠다. 다시 말해 정부가 북한에게 지나친 양보나 유화정책을 추진하고 있지 않는가 하는 우려를 반영하고 있는것이라고 할 수 있다.

정부도 대북지원에 대한 이러한 비판에 유념하고 있으며, 대북 지원 과정에서 북한의 인도적 상황에 우리의 지원 능력을 충분히 고려하고, 대북 지원이 국민적 합의를 바탕으로 추진될 수 있도록 노력하고 있다. 또한 분배의 투명성 확보를 비롯하여 북한의 성의있는 태도를 지속적으로 요구하는 등 대북 지원을 통한 남북 관계의 개선 효과를 제고하는 데에도 노력하고 있다.

한국의 남북협력 기준은 2008년 1조 3000억 원으로 편성 되었고, 2007에는 1조가 못 되는 약 7000억 원인데 한국의 GDP는 800조 원 이다. 이 중 1%는 8조원이다. 0.1%는 8000억 원이다. 2008년 1조 3000억 원은 0.16%에 불과하다.

EU국가들은 상호간에 GDP 0.5%를 출혈해서 가난한 EU국가를 위해 사용하고 있다. 우리는 0.2%도 못되는 돈으로 북측 지원에 평화를 유지하자는 것이다. 남북 경제 회복의 기회를 열자는 것이다. 통일 후

들어갈 비용절감과 경제발전 인프라 구축을 위한 조치, 즉 북한만이 아닌 우리를 위해 원조하는 것으로 보면 된다.

14-7 DJ · 노무현 때 북한에 준 돈 정확한 근거 없다

유시민 노무현 재단 이사장은 지난 13일 유튜브 방송 '고칠레오'에서 '대북 퍼주기론'을 팩트체크했다. "북핵 위기는 김대중 · 노무현 정부 때 70억 달러 이상 북에 돈을 퍼줬기 때문"이라는 지난 대선 당시 홍준표 자유한국당 전 대표 발언의 진위를 검증해 본 것이다.

유 이사장이 '팩트'로 주장한 내용은 통일부 자료를 바탕으로 한다. 통일부가 지난 대선이 한창이던 2017년 4월 20일 언론에 공개한 '정부별 대북 송금 및 현물제공 내용' 자료를 보면 김대중 · 노무현 정부는 옥수수 · 밀가루 등 현물 29억 1304만 달러, 현금으론 39억 1393만 달러를 북한에 지원한 것으로 나와 있다. 방송에 함께 출연한 천호선 노무현 재단 이사는 "정부가 북한에 준 현금은 39억 달러 중 1만 분의 1(40만 달러)뿐"이라고 설명했다. 현금의 99% 이상은 남북 교역에 쓰였다는 것이다.

결론부터 말하면 통일부 · 기획재정부 등 정부에도 전체 대북 지원액을 정확히 계산한 통계가 없다. 유 이사장은 통일부 자료를 근거로 들지만, 같은 통일부가 발표한 대북 지원액도 계산 방식에 따라 달라졌다. 통일부가 2010년 국회 외교통일위원회에 제출한 자료에 나온 김대중 · 노무현 정부 현금 지원액은 27억 달러로 '고칠레오'에서 제시한 39

억 달러보다 적다.

표 14-2. 역대 정부 대북 송금 및 현물제공 내역

단위 : 달러

구분	정부차원		민간차원		총계
	현금	현물	현금	현물	
김영삼정부	–	2억 6172만	9억 3619만	2236만	12억 2027만
김대중정부	–	5억 2476만	17억 455만	2억 4134만	24억 7065만
노무현정부	40만	17억 1621만	22억 898만	4억 3073만	43억 5632만
이명박정부	–	1억 6864만	16억 7942만	1억 2839만	19억 7645만
박근혜정부	–	5985만	2억 5494만	2248만	3억 3727만

＊자료 : 통일부, 2017년 2월 기준

14-8 / '퍼주기' 주장에 가려진 진실들

김대중 · 노무현 정부는 대북포용정책을 추진하면서 인도주의적 정신과 남북간 평화를 위해 북한에게 식량과 비료를 지원했다.

이 식량지원은 근본적으로 기아에 허덕이는 북한동포의 기아 극복을 위해서 인도주의 차원에서 제공되었지만, 남한은 그 대신 북한을 설득하여 이산가족 상봉을 실현하고 휴전선에서 대치하고 있는 남북간 군사적 긴장 완화를 추구하는 등 남북관계 개선을 추구했다.

그러나 정부가 대북지원을 할 때마다, 으레 북한에 대해 상호주의를 내세우며 북한으로부터 대가를 받고 지원해야 하는데 그렇지 않았다며

'퍼주기'라는 비판도 있었다. 북한에게 지원을 하는 만큼 남한도 분명하게 대가를 받아내야 한다는 논리의 비판이다. 인도주의적 차원에서 '자비'를 베풀면서 당장 눈에 보이는 '자비의 대가'를 내놓으라는 식이다. 물론 김대중 · 노무현 정부도 인도주의적 차원에서 북한에 식량을 지원하면서도 남북관계 개선을 희망하는 우리의 요구를 북한에 비공개적으로 전달했다. 다시 말해서 인도주의적 문제를 특정 사안과 공개적으로 연계하지는 않았지만, 국민의 세금으로 북한에 지원하는 만큼 책임감을 가지고 우리가 안고 있는 인도적 문제나 남북관계 관련한 사항 등을 대북지원 협상 과정에서 자연스럽게 제기한 것이다.

두 정부 기간 동안 식량과 비료 지원을 전후해서 남북이산가족 상봉이 이루어지고 남북간 주요 합의가 이루어지는 경우가 많았다. 결국 김대중 · 노무현 정부는 대북 식량 · 비료지원을 하면서 공개적으로 엄격히 서로 주고받는 상호주의는 하지 않았지만 호혜적 차원에서 이 문제에 접근한 것이다. 군이 표현하자면 똑같은 대가를 주고받는 상호주의가 아니라 호혜적이며 포괄적인 상호주의였다고 할 것이다.

북한의 도발이 포용정책과 대북지원 탓이라고 하는 비난은, 대북지원을 끊었던 이명박정부 기간 동안에 북한이 핵과 미사일, 남북관계 등에서 더 많은 도발을 한 사실에서 알 수 있듯이 근거가 희박하다.

포용정책 비판론자들은 김대중 · 노무현 정부의 대북지원이 굉장한 규모라고 주장함으로써 '퍼주기'의 이미지를 극대화한다.

이명박정부가 발간한 〈통일백서 2008〉(통일부, 156~157쪽)에 두 정부 10년간 북한에 현물로 제공한 대북지원을 현금으로 환산시 정부 차원에서 약 2조 1000억 원이었으며 민간 차원에서 7000억 원이었음을 기록하고 있다. 즉, 정부, 민간 합계 총 2조 8000억 원(29억 8000만 달러) 상당을 북한에 지원한 것이다. 물론 북한에 대한 정부 차원의 현금지원은 없었다. 비판론자가 주장한 액수는 김영삼정부가 미국정부에 약속한 경수로 건설비용과 한국 기업을 위해 제공되는 개성공단 개발비 등을 모두 대북지원액으로 상정한 왜곡된 주장이다.

그러나 남북관계에서 민간기업의 경제협력은 수익창출을 목적으로 하여 진행돼왔고 정부의 개성공단 개발 지원이나 철도 연결은 우리 기업의 대북진출을 용이하게 하고 통일경제의 기반을 구축하며 대륙경제와의 연계성을 강화하기 위해 추진된다. 따라서 이것들은 원천적으로 퍼주기일 수가 없다. 그나마 퍼주기 시비를 걸만한 것은 기아에 허덕이는 북한 동포에 대한 식량, 비료, 의료품 등의 지원인데, 이를 두고 퍼주기라고 비난하는 것은 북한 주민들에게 인류 보편적 가치인 인도주의 정신과 동포애를 발휘하는 데 이의를 제기하는 셈이 된다.

한편 일부에서는 우리가 지원하는 쌀의 군량미 전용가능성을 거론하며, 분배의 투명성을 요구한다. 그 증거로 북한국 군용트럭에 실린 "대한민국"이 표시된 쌀 마대를 찍은 사진을 제시하거나 군인들이 우리가 지원한 식량을 옮겨 싣는 장면을 찍은 사진을 제시하기도 한다. 북한에는 쌀 마대를 실을 트럭은 군대차가 대부분이다. 그런데 그동안 분배 과정을 감시해온 국제구호단체들에 따르면 분배의 투명성에 별 이상이 없다고 한다. 과거 우리정부도 북한에 식량을 제공하면서 우리 측 인원이 직접 분배현장을 방문하여 확인하는 장소와 횟수를 늘려옴으로써 분배의 투명성을 높여왔다. 앞으로도 이러한 노력은 지속되어야 할 것이다.

북한당국의 양곡 행정에서 군량미 확보는 최우선 과제이기 때문에 우리의 대북지원과 상관없이 북한군의 식량은 이미 확보되어 있다고 보아야 한다. 다만 우리 쌀의 질이 좋기 때문에 북한 쌀 대신에 남한 쌀을 군량미로 사용하고자 하는 욕구가 있을 수 있다. 따라서 북한을 지원할 때 군량미 전용의 가능성에 대해 항상 예의주시할 필요가 있다.

2000년 남한의 '남북 어린이 어깨동무'와 '북한 어린이 기아문제연구회'가 중국에서 탈북 어린이 30명을 직접 만나 면접 조사한 결과 13살 남자아이의 키가 남한 어린이 평균 158.8cm보다 26.7cm나 작은 132.1cm에 불과했다. 여자아이들의 경우에도 남한 평균 신장에 비해 북측이 훨씬 낮았다.

2편

통일에 대한 보수 및 진보의 견해

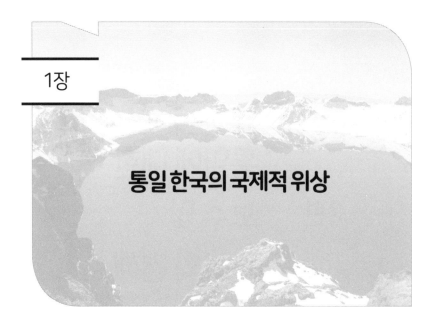

1장

통일 한국의 국제적 위상

보수와 진보가 상호 상대를 보는 시각

1) 보수와 진보는 자기 의견만 맞다고 고집 부리지 말고 상대를 이해
   하려고 노력해야 한다.
2) 새가 한 쪽 날개로는 날지 못하는 원리와 같이 진보와 보수 모두가
   필요하다.
3) 상호 장단점을 수용해야 한다.
4) 남북의 다름을 이해하고 잘못 각인된 선입견을 버려야 한다.
5) 진보와 보수는 상호 수용하는 자세가 필요하다.
6) 상생 공간에서 대립과 갈등의 공간은 빠져야 한다.

7) 옳고 그름에서 그름은 없어져야 한다.

8) 선과 악 이분법 세계관이 공존해야 하고 악의 시야는 없어져야 한다.

9) 남북은 상호 존중하는 자세를 가져야 한다.

10)틀림의 시각을 버려야 한다.

11) 적대 비난의 서곡은 화해, 격려 및 협력의 서곡으로 변해야 한다.

12) 개성공단은 다름과 차이의 공존지대이다.

13) 다름과 차이가 공존하는 한반도가 되어야 한다.

14) 평화가 통일이고 민족 공동 번영의 길이다.

15) 화해 협력 평화 공존을 위해 냉전문화와 대결 의식 버려야

16) 동질성 추구 보다는 이질성 포용을

17) 단일국가 통일방식을 극복해야

18) 군사지대를 평화지대로

19) 정전체제를 평화체제로

20) 안보접근법은 평화 접근법으로

21) 사회적 대화의 가장 큰 걸림돌은 소위 '진영논리' 이다. 진영논리
    에 갇히면 상대의 주장에 대해 눈과 귀를 막고 오로지 편협하고
    일방적인 태도를 취하게 된다. 미움과 갈등의 악순환으로 인한
    피해는 고스란히 우리 자신에게 돌아온다. 서로의 주장을 주의
    깊게 듣고 서로의 차이를 이해하고 인정하면서 최대공약수를 찾
    아가는 사회적 대화가 문제해결의 길이라고 확신한다.

경제 성장과 도약을 위해서는 새로운 동력이 필요하다. 통일 한국은 7천만 명 이상의 내수 시장과 풍부한 지하자원 등 생산요소 확보를 통해 세계의 경제 강국으로 부상할 것이다.

통일 한국의 등장은 동북아 질서의 중대한 변화를 일으키게 될 것이다. 남북한의 통일은 동북아에서 새로운 '5강'의 등장을 의미하는 것이고, 과거와 다른 역할을 부여받을 것이다.

뉴스위크 삶의 질 조사 상위 30개국 (2010)

뉴스위크의 삶의 질 조사 상위 30개국(2010)		
1. 핀란드	11. 미국	21. 스페인
2. 스위스	12. 독일	22. 이스라엘
3. 스웨덴	13. 뉴질랜드	23. 이탈리아
4. 오스트레일리아	14. 영국	24. 슬로베니아
5. 룩셈부르크	15. 대한민국	25. 체코
6. 노르웨이	16. 프랑스	26. 그리스
7. 캐나다	17. 아일랜드	27. 포르투갈
8. 네덜란드	18. 오스트리아	28. 크로아티아
9. 일본	19. 벨기에	29. 폴란드
10. 덴마크	20. 싱가포르	30. 칠레

＊주 : 〈뉴스위크〉가 건강, 교육, 경제, 정치 등을 종합해 2010년 8월 발표한 '세계에서 가장 살기 좋은 나라들 (The world's best countries: 2010 index)에 선정된 30개 국가들.

통일 10년 후 세계 GDP 예상 순위

단위: 10억 달러

명목 GDP 순위	통일 10년 후
	2040년
1	중국(45,019)
2	미국(29,827)
3	인도(16,715)
4	브라질(6,631)
5	러시아(6,316)
6	일본(6,040)
7	통일한국(5,481)
8	멕시코(5,455)
9	독일(4,391)
10	영국(4,383)

*자료 : 통일연구원, 〈공동체 형성을 통한 통일실현 구상〉 (통일연구원,2011)

1-3 통일 한국의 문화적 수준은?

　통일 한국은 남북한의 문화적 유산들을 통합하고 분단비용들을 문화 향상을 위해 사용, 우리 삶의 가치를 향상시키고 문화 수준을 한 단계 더 높일 수 있는 기회를 제공할 수 있다.

　통일 한국은 지리적 이점을 이용하여 여러 문화적 특성을 모자이크 방식으로 결합하는 동시에 여러 문화를 녹여서 새로운 형태를 만들어 내는 문화 용광로의 역할도 수행할 것이다.

표 1-1 남북한 문화재 현황

종별	남한								
	국보	보물	사적	명승	천연 기념물	중요무형 문화재	중요 민속 자료	등록 문화재	총계
건수	315	1,701	509	74	519	121	266	469	3,974

종별	북한					
	국보 유적	국가지정 보존급 유적	국보유물	준국보 유물	천연기념물	총계
건수	187	1,723	75	111	445	2,541

＊자료 : 문화재청, 〈문화재연감〉 2009,2011〉

표 1-2 남북한 유네스코 등재 유산 목록

	종류	등재연도	비고
한국	한국의 역사마을: 하회와 양동	2010	문화
	조선왕릉	2009	문화
	제주 화산섬 및 용암동굴	2007	자연
	경주 역사 지구	2000	문화
	고창, 화순, 강화의 고인돌유적	2000	문화
	수원 화성	1997	문화
	창덕궁	1997	문화
	석굴암과 불국사	1995	문화
	종묘	1995	문화
	해인사 장경판전	1995	문화

진보와 보수가 본 평화통일

북한	고구려 고분군	2004	문화

＊자료 : 문화재청 홈페이지(http://www.cha.go.kr)

표 1-3 각국 유네스코 등재 건수

순위	국가	등재건수
1	이탈리아	47
2	스페인	43
3	중국	41
4	프랑스	36
5	독일	36
19	통일 한국	12
21	한국	10

＊자료 : 문화재청 홈페이지(http://www.cha.go.kr)

2장

개성공단

2-1 / 개성공단과 정주영

개성공단에서 남측 기업가와 북측 노동자, 양측 공무원들이 10년 넘게 서로 부대끼며 생활했다는 그 자체가 갖는 의미를 되새겨 볼 필요가 있다. 남측은 남측대로 북측은 북측대로 득을 얻었다. 처음 한 달에 65달러 정도의 임금을 주면서 그렇게 우수한 노동력을 활용할 수 있는 곳은 사실 개성공단 말고는 세계 어디에도 없을 것이다. 그런 점에서 '개성 모델'을 심화, 확대시키는 것이야말로 남과 북이 평화와 통일을 만들어 가는 데 이정표가 될 것이라고 생각한다.

개성공단은 정주영 현대그룹 명예회장을 떼어 놓고 이야기할 수 없다. 생각해보면 정주영 명예회장과 개성공단은 경제학자 조지프 슘페터 Joseph Schumpeter가 말한 '기업가 정신'과 '혁신'의 생생한 본보기라고 할 수 있다.

정주영 명예회장은 1998년 6월 소 떼 500마리를 몰고 판문점을 통해 북한을 방문한 데 이어 그해 10월말 다시 소 떼 501마리를 몰고 방북했다. 저녁에 평양 시내 경계가 삼엄해져 무슨 일인가 싶어서 조선노동당 관계자에게 물어보자 김정일 국방위원장이 정주영 명예회장이 묵고 있는 백화원 초대소를 직접 방문했다고 했다. 정주영 명예회장은 누가 방문을 두드리기에 잠옷 바람으로 나와 보니 김정일 국방위원장이 문 앞에 서 있었다고 한다.

그는 깜짝 놀란 정주영 명예회장에게 이렇게 말했다고 한다. "연세도 많은 어르신께서 내 집을 찾아왔는데 내가 왜 집에 앉아서 마중합니까, 내가 가서 인사해야지요."

그날 밤 정주영 명예회장과 김정일 국방위원장은 함께 술을 마시며 금강산 관광선 운항, 서해유전 개발, 자동차 조립 생산, 경의선 철도 복선화, 평양화력발전소 건설 등 다양한 경협 사안을 논의했다고 한다. 정주영 명예회장과 김정일 국방위원장은 남북 정상회담 직후 원산에서 다시 만났는데, 그 자리에서 김정일 국방위원장은 산업공단 후보지로 개성을 제시했다.

당초 현대가 생각했던 후보지는 황해도 해주였으나 당시 김정일 국방위원장은 "개성이 전쟁 전에는 원래 남측 땅이었으니 남측에 돌려주는 셈 치고, 북측은 나름대로 외화벌이를 하면 된다"는 취지로 이야기했다고 한다. 또 정주영 명예회장이 35만 명에 이르는 노동자가 필요한데 개성 인구는 20만 명 정도에 불과하다고 지적하자, 김정일 국방위원장은 "그때가 되면 군대를 옷 벗겨서 공장에 투입하면 되지 않겠습니까?"라고 답했다고 한다.

내가 듣기로는 개성공단을 처음 구상할 때부터 김정일 국방위원장과 정주영 명예회장은 개성공단을 장차 통일의 시발지로, 더 나아가 통일 도읍으로 만들고자 하는 명확한 생각을 가지고 있었다. 2002년 현대아산과 북한이 합의한 당초 계획에 따르면 남북은 개성공단을 1단계 100만 평(약 3300만 제곱미터), 2단계 250만 평, 3단계 2000만 평까지 확장한다는 계획이다. 계획대로라면 2011년에는 인구 100만 명 정도가 거주하는 1200만 평 규모의 신도시와 800만 평에 이르는 산업단지가 새로 생기는 것이다. 현재 울산광역시 인구가 117만여 명인 것을 생각해 보면 서울에서 약 50킬로미터 떨어진 곳에 광역시 하나가 새로 생기는 것과 같았다.

2000년 8월 22일 현대아산과 '공업지구 건설·운영에 관한 합의서'를 체결한 이래 북한은 2002년 11월 20일 개성공업지구법을 제정한 것을 비롯해 차례로 개발, 기업 창설 운영, 세금, 노동, 관리기관 설립 운영, 출입 체류 거주, 세관, 외화관리, 광고, 부동산 등 10개 하위 규정을 제정했다. 남북 간 합의서도 2000년부터 13개 합의서를 통해 개성공단에 관한 사항을 규정했다. 군부대를 후방으로 이동시키고 2000만 평을 공업지구로 지정했다.

2003년 6월 1단계 개발공사를 착공했고, 2004년 12월에는 첫 생산제품이 나왔다. 2004년 6월 15일 '6.15 남북 공동선언 4주년 기념 국제

토론회'에 참가한 리종혁 조선아시아태평양평화위원회 부위원장은 토론회에서 "지난 4년간 개성공단사업 성공을 위해 개성공단 지역에 풀한 포기 안 심고, 벽돌 한 장 안 쌓았다"는 말을 한 적이 있다. 이 발언에서 우리는 북한이 개성공단을 어떻게 생각하는지 느낄 수 있다.

특히 군부대를 후방으로 옮겼다는 것은 안보 관점에서 보기에도 획기적인 조치였다. 개성 - 문산은 북한에서 서울로 가는 가장 가까운 길이다. 개성과 판문점 사이는 8킬로미터밖에 안 되는 거리이며, 남북 대치 상황에서 개성은 말 그대로 화력이 밀집해 있는 최전방이다. 그런데 북한은 개성을 관할하던 인민군 6사단 4개 보병연대를 송악산 이북과 개풍군 지역으로 10킬로미터에서 15킬로미터 후방에 재배치했다.

이는 군부대 후방 배치로 인해 공격 시간이 10분이나 늦어진다는 것을 뜻한다. 군대를 다녀온 사람들이라면 10분이 전쟁의 승패를 가를 수도 있는 시간이라는 것을 잘 알고 있을 것이다. 게다가 인민군 62포병여단도 장사정포 등 주력 화기를 후방으로 이전했다. 개성공단 덕분에 휴전선이 북상한 것이나 다름없었다. 무엇보다도 화력이 밀집해 있는 서부 지역에서 우발적 교전이나 국지전 발발 가능성을 획기적으로 낮춘 것이다. 입만 열면 '안보'를 외치는 사람들이라면 개성공단이야말로 복덩이라고 찬사를 보내지 않을 수 없었을 것이다. 개성공단은 평화적 의미에서 '인계철선'인 셈이다.

2016년 2월 10일 박근혜 대통령이 개성공단을 전격 폐쇄할 당시 개성공단은 100만 평 규모였다. 다시 말해서 개성공단은 1단계 수준에 머물렀다는 것을 뜻한다. 북한 노동자 규모 역시 목표했던 70만 명에 비해 턱없이 적었다. 그럼에도 불구하고 개성공단이 갖는 의미는 결코 작지 않다. 개성공단 입주 기업은 2005년 18개사에서 2015년 125개사로, 북한의 근로자는 6013명에서 5만 4988명으로, 생산액은 1491만 달러에서 5억 6330만 달러로 증가했다. 2015년 기준으로 개성공단사업과 관련된 남북교역은 27억 달러였는데, 이는 남북 총교역 및 상업적 거래에 있어 모두 99퍼센트 이상을 차지했다.

개성공단은 남측에선 자본과 기술을, 북측에선 노동력과 토지를 결합시키는 남북 상생협력에 기초한 경제 모델을 만들어 냈다. 인건비와 가격 경쟁력 때문에 고민하던 중소기업에 개성공단은 엄청난 기회를 제공했다. 정치적 측면에서도 개성공단은 한반도 긴장 완화와 남북관계 발전을 위한 든든한 지지대 역할을 했다고 평가할 수 있다.

체제가 다르고 경협 경험이 일천한 가운데 시작한 대규모 사업이다 보니 갈등과 시행착오가 없을 수 없었다. 2013년 개성공단 중단 사태는 특히 큰 시련이 아니었나 싶다. 북한은 여러 차례 개성공단의 지속가능성을 의심하게 하는 빌미를 제공했던것이 사실이다. 예를 들어 북한이 2014년 노동자들의 임금 상한선 연 5퍼센트를 철폐하겠다고 한 것은 자신들이 제정한 개성공업 지구법 조항을 스스로 위반하는 행태였다.

2013년 개성공단이 133일에 걸쳐 잠정 폐쇄는 남북 간 주도권 경쟁의 일환이었다. 그들은 남측에서 요구하는 것을 그냥 받아들이기 싫다는 것이었다. 그들은 북측 노동자의 급여 지급 문제에 대해서는 중국이 개혁개방을 한 이후 빈부 격차가 극심해진 것을 보면서 '우리는 저렇게 되면 안 되겠다'는 생각을 많이 한다고 했다. 고용주가 노동자에게 급여를 직접 지급하는 방식은 개성공단을 중심으로 빈부 격차가 필연적으로 심각해질 수밖에 없다는 것이다.

또한 그들은 북한이 개성공단 국제화를 강하게 희망한다고도 했다. 남측 자본뿐 아니라 세계 각국의 자본이 들어왔으면 좋겠다는 것이다. 물론 국제화를 위해서는 북한 스스로도 3통(통행, 통신, 통관) 문제 해결을 비롯해 많은 것을 양보해야 한다. 풀어야 할 숙제가 많은 것이다. 그들은 일단 남측 기업들이 국제화가 되어 간접적으로 외국 투자를 할 수 있지 않느냐는 이야기도 했다. 아울러 개성공단과 개성의 역사 유적, 비무장지대(DMZ)를 하나로 묶어 예술과 문화, 관광을 아우르는 종합과를 남북이 함께 추진하는 것이 좋다는 인식과 의지 또한 가지고 있다는 것을 확인할 수 있었다.

개성공단 폐쇄는 북한에서 보기에 100퍼센트 박근혜 정부의 잘못이었다. 북한 관계자를 입장에서는 김정일 국방위원장이 남측에서 온 손님과 독대를 하여 이룩한 성과인데, 남측에서 급작스럽게 일방적으로 폐쇄해 버렸으니 자존심이 상하고 모욕감을 느낀다는 것이다. 한 관계자는 "남측에서 개성공단 폐쇄를 사과하고 공단 운영을 재개하자고 하면 받아들일 것"이라는 말도 있었다. 개성공단 재개 문제는 일단 한국 정부가 결자해지 해야 한다. 남북 간 신뢰 구축과 평화라는 관점 뿐 아니라 트럼프 대통령처럼 금전적 가치만 따지더라도 개성공단은 최대한 빨리 다시 문을 열어야 한다. 그 문제에서 문재인 정부의 전략적인 판단을 기대해 본다.

개성공단 약사

개성공단 정상화 시기	
2000. 08	
2002. 11	현대아산–조선아태평화위, 민족경제협력연합회 3자간 '공업지구건설합의' 체결
2003. 06	북측,'개성공업지구법' 제정
2004. 05	개성공단 1단계(100만 평) 개발 착공식
2004. 10	1단계 내, 시범단지(9만 3,000m2) 분양
2004. 12	개성공단 관리위원회 개소
2005. 03	개성공단 첫 제품 생산
2005. 08	본단지 1차(16만 9,000m) 분양
2005. 12	KT통신 개통
2006. 11	북측 근로자 1만 명 돌파
2007. 05	남측, '개성공업지구 지원에 관한 법률' 제정
2007. 06	본단지 2차(175만m)분양
2007. 06	전력 10만KW 송변전시설 준공
2007. 10	10.4 남북공동선언
2007. 10	1단계 기반시설 준공(용수.전력.통신.환경 등)
2007. 11	기술교육센터 준공
2007. 12	문산역– 판문역 간 화물열차 정기운행 개시
2007. 12	'개성공업지구지원재단' 설립, 개성공단 정배수장 준공
2007. 12	개성공단 협력분과위원회 제1차 회의(기숙사 건설 합의 등)

개성공단 비정상화 시기

개성공단 비정상화 시기	
2008. 03	통일부장관 "핵문제 타결없이 개성공단 확대 불가" "개성공단 중단 무방" 발언
2008. 03	북측, 통일부장관 발언 빌미, 개성공단 주재 남북경제협력협의사무소 남측 당국자 철수 요구

2008. 07	금강산 관광객 총격 사망
2008. 10	북측, "남측의 대북전단 살포로 개성공단 사업에 부정적 영향" 발표
2008. 11	북측 국방위원회 정책국장 일행 공단 현지실태 점검
2008. 11	개성공단 중단
2009. 03	북측, 키리졸브 한미군사훈련기간 육로통행 차단 (3회)
2009. 03	북측, 현대아산 직원 억류(북측 여성 탈북책동 혐의 등)
2009. 05	북측 '개성공단 관련 법규, 계약 무효' 통보
2009. 06-07	제 1~3차 개성공단 실무회담, 성과 없이 결렬
2009. 08	현정은 회장 방북, 현대아산 직원 석방 (137일 만)
2009. 08	현정은 회장, 김정일 위원장과 '개성공단 재개와 활성화'등 협의
2009. 09	북측, 12.1 조치 해제 발표
2009. 12	남북 해외공단 활동시찰(중국, 베트남)
2010. 02	제 4~6차 개성공단 실무회담, 성과 없이 결렬
2010. 03	천안함사건 발생
2010. 04	국방위원회 정책국, 개성공단 실태조사
2010. 05	정부, 5.24조치(남북교류 전면 차단, 개성공단 동결 등)
2010. 11	연평도 포격 발생
2011. 12	김정일 국방위원장 사망 발표(12.17)
2013. 01-02	유엔안보리 제재 및 북측 3차 핵실험
2013. 03	북측, 한미군사훈련 반발, 서해 군 통신선 차단
2013. 03	북측, 남측이 최고 존엄 훼손 시 개성공단 폐쇄 가능성 발표
2013. 04	북측, 개성공단 통행 제한(개성공단 입경 제한, 남측 귀환 허용) 개성공단 잠정 중단, 북측 근로자 철수
2013. 04	개성공단 남측 체류인원 전원 귀환
2013. 07-08	제 1~7차 개성공단 실무회담
2013. 09	개성공단 재가동

표 2-3, 기업 창설·등록 현황

(2015.1월 현재)

	토지분양	창설기업	등록기업	가동기업	영업소
누계	239	193	142	124	70+

위 표에서 보듯 개성공단은 토지분양 239개사, 창설기업 193개 사이지만 실제 가동기업은 124개사에 불과하다. 토지를 분양받아 기업까지 창설했지만 이명박 정부 출범 이후 개성공단에 대한 추가투자와 남북교류협력사업을 실질적으로 동결하면서 이러지도 저러지도 못한 채 손을 놓고 있는 기업이 거의 100여 개에 달한다.

2003년 이후 확대일로에 있었던 개성공단사업이 2008년 이후 실질적으로 동결되면서 개성공단은 졸지에 남북 화해협력과 상생번영의 상징적 공간에서 대립과 갈등의 공간 신세로 전락했다. 더 나아가서는 대결주의적 남북관계 속에서 방치되는 상황이 지속되었다. 그래서 개성공단의 의의와 특징, 위상과 역할 등을 논의할 때는 종종 2008년 2월 이전 정상적 시기의 개성공단과 이후 비정상화된 현재의 모습이 중첩되어 나타나는 혼란을 겪는다.

2-3   개성공단의 의의

개성공단이 정상 가동될 당시 공단은 남북 간 상호존중과 화해협력, 공존공영, 평화번영을 상징하는 남북의 호혜적인 경제프로젝트였다.

더불어 남북 주민간의 일상적 상호관계와 문화적 교호작용을 통해, 자연스러운 통일·평화문화 형성의 계기가 만들어지고 축적되던 곳이었다. 개성공단은 북측 지역임에도 남측이 50년간 토지를 임차하고 개발·관리·운영, 그리고 기업유치 등을 북측으로부터 위임받아 주도적으로 추진하는 곳이다. 북측의 경제관리제도와 달리 '개성공업지구법'을 준거법으로 각종 하위규정과 세칙·준칙 등을 따로 정해 운영하고 있는 남북 간 최초의 경제특구로 이해하면 된다.

그러나 이러한 의의는 2008년 이후 남북관계가 상생화 협력이 아닌 대립과 적대로 바뀌면서 순기능적 평가들은 사라지고 언제부터인가 개성공단을 폄하, 부정하고, 부정적인 측면들을 왜곡, 오도하는 사례가 늘어나면서 하루아침에 개성공단에 대한 의도적 왜곡과 오도가 사회적으로 확산됨으로써 개성공단에 대한 국민들의 오해도 상당히 많이 생겼다.

개성공단 정상화는 근본적으로 남북 당국 간에 평화적 관계정상화가 되지 않는 한 불가능하다. 3통문제(통행,통신,통관) 등 개성공단을 둘러싼 물리적 제약요인들은 사실 우리 기업들에게 치명적인 것은 아니다. 무엇보다 치명적인 제약요인은 바로 남북 당국 간의 적대적 관계다. 그것이 매일 개성공단을 불안하게 만드는 핵심 제약요인이다. 개성공단과 같은 남북경협사업들이 가져다주는 민족적, 국가적 차원의 경제적, 평화적, 사회문화적 순기능들을 생각한다면 대립적 남북관계의 상징인 5.24조치 등의 비정상적인 조치들은 폐지되어야 한다.

개성공단의 상징적 의의나 위상에 대해서는 '6.15의 옥동자'나 '호혜적 남북경협 프로젝트' '평화 프로젝트'등 다양한 평가와 의의들이 있다. 그러나 이것은 대부분 우리의 평가이다. 그러면 북측에게 개성공단은 어떤 의미일까? 개성공단에서 4년간 북측의 관료, 당일꾼, 근로자들과 직접 부대끼면서 체험적으로 배우고 느끼게 된 그들의 인식은, 우리들의 인식과는 차원과 수준이 달랐다.

무엇보다 북측은 개성공단을 단순한 남북경제협력의 장소로 보지 않는다. 그들에게 개성공단은 '분단 60년을 극복하고 새로운 남북평화 시대를 열어가는 역사적 상징'이자 '민족통일의 미래를 그려가는 살아 있는 실질적 상징, 최고의 상징'으로서 매우 특별하게 자리매김하고 있다. 우리는 부지불식간에 개성공단을 경제협력의 상징으로 치부하는 태도를 보이지만 그들은 어떠한 상황에서도 '통일'과 '평화'의 가치를 가장 앞에 둔다.

2016년 2월 공단이 폐쇄되는 과정에서 당시 정부와 수많은 얼치기 지식인들이 공단의 폐쇄를 정당화하기 위해 공단에 대한 갖은 비판과 근거 없는 주장을 늘어 놓았다. 그 어느 것 하나 제대로 된 증거나 근거가 없었다. 하다못해 전체 우리의 경제에서 개성공단이 차지하는 비율이 미미하기에 폐쇄해도 된다는 어처구니없는 주장이 소위 전문가의 입에서 나오기도 했다. 과거 두 정부(이명박.박근혜)는 공단에 대한 부정적 이미지들을 수없이 쏟아냈고, 언론은 이에 맞장구를 쳤다. 때문에 국민들의 인식 또한 차츰 긍정에서 부정으로 옮겨 갔다. 공단의 본질적 가치는 묻히고, 왜곡과 은폐가 공단을 지우려 했다.

"그동안 국민들에게 제대로 알려지지 않은 공단의 가치와 본래적 성격이 무엇인지, 바르게 알리고자 노력해왔다. 돈으로 환산할 수 없는 엄청난 평화적, 안보적, 통일 문화의 미래적 가치를 제대로 알리고, 거기에 공단의 또 다른 존재 이유이기도 한 경제적 가치가 얼마나 큰지 구체적인 데이터를 만들어 알려왔다. 단지 안타깝게 닫힌 공간이기에 다시 열어야 한다가 아니라, 원래 이렇게 엄청난 곳이었기에 반드시 다시 열어야 한다는, 본질적 가치와 실체적 의미를 정확히 전달해야 한다.

그렇다면 국민들도 공단의 가치를 다시 인식하고, 재개의 필요성을 인정하리라 믿을 것이다. 이미 많은 국민들이 공단 재개가 필요하다는 입장을 가지고 있다.

2018년 6월 20일에도 지원재단 직원들이 시설 점검 차 통일부 등과 함께 개성공단을 방문했다. 공단 폐쇄 이후 2년 4개월이 지나가는 지금, 공단의 모습은 어떨까, 일부 언론의 보도처럼 북측이 공장 설비를 빼가고, 북한 군대가 점령하고 있을까, "상상 외로 잘 관리되고 있다." 이는 북측 역시 공단에 대한 책임감과 애정을 가지고 있다는 뜻이기도 하다.

공단에서 일했던 5만 5천여 북측 노동자들이 바로 다시 복귀할 수 있겠냐는 우려의 목소리도 있는데, 북한은 여전히 국가사회주의 계획경제라는 것을 알아야 한다. 우리는 상상할 수 없겠지만, 국가가 그리고

당이 소임을 주기에 우리 관점으로 걱정할 필요는 없다. 내일이라도 가능하기 때문이다.

이제 한반도에 되돌릴 수 없는 평화의 움직임이 나타나고 있다. 철도·도로 연결, 이산가족 상봉, 체육 및 문화 교류, 산림 분야 협력, 군사분야까지 쉼 없이 남북이 만나 새로운 역사를 써내려가고 있다. 그렇다면 향후 남북교류는 어떻게 만들어나가야 할까, 정부와 민간이 함께 힘을 모을 수 밖에 없다. 이는 필연적이다. 과거 노무현 정부를 '참여 정부'라 불렀다. 하지만 촛불혁명 이후 이제는 참여가 아닌 국민이 주도하는 시대가 되어야 한다. 남북 공동연락사무소 역시 향후 다양한 영역에서의 교류 협력을 촉진하기 위한 것으로 민관이 함께 협업체계를 강화해야 한다.

"물론 기업 활동은 이윤을 추구하는 것이 목적이다. 하지만 동시에 남북경협은 신뢰구축을 위한 것임도 반드시 인식해야 한다. 신뢰 없이 오로지 돈만 벌겠다는 생각으로 공단에 들어온다면 백전백패이다. 북한을 온전히 이해할 수 있을 때 경협도 성공할 수 있다. 그들은 70년 갈등 구조 속에서 우리가 함부로 폄하하거나 무시할 수 있는 대상이 아니다. 존중받아야 할 동등한 파트너로 인식해야 한다. 때문에 우리가 경협을 할 때 시혜적 차원으로 하는 것이 아님을 명시해야 한다. 북측이 그것을 용납할 리도 없고, 실제 우리가 우월적 지위에 있는 것도 아니다. 남북경협뿐 아니라 모든 남북관계는 철저한 상호존중적 태도로 풀어나가야 한다. 이를 분명히 인식한다면 우리는 새로운 평화와 놀라운 변화의 시대를 맞이할 수 있을 것이다.

-김진향 이사장 글에서

진보와 보수가 본 평화통일

2-6 　암울했던 박근혜 정권의 개성공단 폐쇄

　박근혜 정권 내내 남북은 극도의 전쟁위기가 지속됐다. 군인이 킬체인을 주장하는 것이야 이해하지만 몇몇 언론인은 전쟁을 불사해야 한다고 강변했다. 특히 공중파 방송은 남북갈등을 노골적으로 조장했다. 박근혜 정권은 '민족화해'는 커녕 남한에서 야당끼리 혹은 시민사회단체끼리의 연대도 철저히 통제했다. 이 중심에는 김기춘 비서실장이 있었다. 그는 남북 화해세력을 좌경세력, 국가분란 세력과 동일시하고 박멸해야 한다는 극우적 생각을 가진 인물이었다.

　그가 청와대 비서실장으로 자리 잡자마자 비밀리에 여러 TF가 만들어졌다. 법무부에 정당해산 TF가 만들어져 나치시절 정당해산 사례가 연구됐다. 교육부에는 국정교과서 도입을 위한 TF가 만들어졌다. 문화관광부에는 문화예술정책 TF를 만들어 문예기금 보조사업에서 특정인을 배제하는 이른바 문화계 블랙리스트가 만들어졌다. 결국 촛불 혁명은 박근혜 정권의 막을 내리게 했다.

2-7 　개성공단을 보면 남북의 평화와 통일이 보인다

　개성공단은 남북의 근로자들이 10여 년 이상 지속적으로 같은 사무실과 생산현장에서 함께 일상적 소통과 교류, 생활을 해 온 유일한 곳이다. 남과 북, 70년 분단체제의 수많은 '다름과 차이'들이 만나 상당한 소통과 교류를 해온 곳이다. 향후 남북의 평화정착 과정에서 여러 많은

'차이와 다름'들이 어떻게 조화롭게 융화할 수 있을지에 대한 선험적 사례, 모델들이 축적되는 곳이다.

개성공단은 남북의 행복한 평화경제와 남북 주민들 간의 작은 통일들이 매일매일 쌓여가는 곳이다. 개성공단은 평화와 통일의 용광로이다.

개성공단 10여 년의 역사 속에서 남과 북이 힘을 합쳐 공단을 평화의 상징으로, 민족공동번영의 전초기지로 만들고자 노력했던 초기 5년의 모습은 개성공단이 정상적으로 돌아가던 시절의 모습이다. 2008년 이명박 정부 출범 이후 대립적 남북관계가 전면화되면서 개성공단도 비정상적으로 운영되고 있다. 그럼에도 불구하고 개성공단은 제한적인 상황에서나마 여전히 남과 북의 5만 3,000여 근로자들이 함께 부대끼며 생활하고 있었다.

개성공단은, 사실상 '기적의 장소'라 할 수 있다. 이토록 엄혹한 남북의 적대와 대립이 심화되는 상황 속에서도 장난처럼 개성공단은 남과 북의 수많은 민간인들이 함께 웃고 떠들고 이야기하면서 민족의 내일, 평화와 통일의 미래들을 만들어가고 있었다. 개성공단의 관점에서 보면 휴전선을 중심으로, 남북이 상호 총부리를 겨누고 있는 첨예한 군사적 대치 상황은 참으로 허무맹랑한 장난 짓, 어릴 적 병정놀이쯤으로 보인다.

2-8 / 때 묻지 않은, 순수하고 선한 북측 사람들

때가 묻지 않아서 그런지 북측 사람들은 기본적으로 남측 사람들보다 타인에 대해 예의바르고 호의적이며 순수하다. 순박하고 선하고 진실하다. 그런 순박함 때문에 때로는 사람과 사람 간의 갈등 해결방식이 다소 투박하고 세련되지 못하게 나타나는 경우도 없지 않다. 우리처럼 고도의 경쟁사회에서 살아온 사람들이 아니어서 개인적 경쟁심은 별로 없다. 다만 집단적 경쟁심은 남다르다. 돈과 자본의 가치개념이 희박한 것도 사실이다. 이제 배우는 수준이다. 그들의 입장에서 보면 우리 남측 사람들은 '모든 것에 돈, 돈, 돈만 앞세우는 참으로 정 없고 야박한 사람들'이다.

2-9 / 개성공단에 대한 오해

1) 개성공단은 퍼주기인가

북측에 비해 오히려 우리가 몇 배는 더 많이 퍼오는 곳이다. 매년 1억 달러(5만 3,000여 명의 임금, 세금)에도 못 미치는 금액을 투자해서 최소 15~30억 달러 이상의 가치를 생산하고 가져오는 곳이다.

명분과 상징으로는 남북이 함께 경제적으로 매우 크게 윈-윈하는 곳이지만, 좀 더 엄밀하고 정확하게 평가하면 우리가 북측보다 몇 배, 몇십 배는 더 많이 벌고, 국가경제적 관점에서 비교할 수 없을 만큼 더 많이 퍼오는 곳이다.

일시적인 폐쇄조치 이후 거의 모든 기업들이 다시 개성공단으로 들어갔다. 이것은 무엇을 의미하는가? 북측에 퍼주기만 하는 곳이라면 '이윤'을 목표로 하는 기업들이 들어갈 이유가 없다. 왜 기업인들은 남북관계가 이렇게 험악한 상황에서도 개성공단에 들어가려고 할까?

개성공단이 가지고 있는 경쟁력 때문이다. 남측의 자본과 기술, 북측의 노동력과 토지가 만난 개성공단은 실질적으로 세계 최고의 경쟁력을 가지고 있다. 한마디로 영세중소기업들에게 개성공단만 한 곳은 전 세계 어디에도 없다.

2013년, 6개월 동안 개성공단이 가동 중단되었을 때 개성공단 기업인들은 대체공장을 물색하기 위해 동남아 등 여러 해외 공단들을 둘러보았다. 그리고 결론을 내렸다. "해외 어디를 가 봐도 개성공단만큼의 비교우위, 경쟁력을 가진 곳은 없다. 개성에서 이윤을 창출하지 못한다면 그것은 이미 기업이 아니다!"

확실한 것은 우리가 투자 대비 확실한 수익을 올리고 있다는 것이다.

개성공단 같은 남북경협사례들이 확대되면 우리 경제에는 확실한 블루오션이 될 수 있다. 윈-윈을 넘어 국가의 품격이 달라질 만큼 엄청난 경제 대도약이 이루어질 것이다.

2) 개성공단은 북측 지도부의 '돈줄'이다?

이는 북측 근로자들에 대한 임금지급체계와 돌립채산제 등의 경제개혁조치를 모르고 하는 소리다. 개성공단을 관리하는 북측당국(중앙특구개발지도총국)은 북측 근로자 1인당 평균 7만 원(평균임금에서 세금 등을 공제한 후의 실수령액) 정도의 돈을 가지고 최소 2인(가구 4인

,1가구 공단 2인 근무 가정시)의 한 달 생활을 책임져야 한다. 북측에서는 생활을 '먹고 입고 사는 문제' 즉 식의주 문제라고 본다.

예를 들어보자. 처음 개성공단을 만들 당시 북측 근로자들의 임금 수준을 월 200달러 정도에 합의하고자 했다. 그런데 그것을 25%수준인 50달러로 최종 확정한 것은 다름 아닌 북측의 김정일 국방위원장이었다. 이유는 간단했다. 개성공단에 투자한 남측 기업들이 초기에 성공해서 돈을 많이 벌어야 또 다른 공단으로 확대될 수 있다고 판단했고, 그렇게 많은 남북경협공단들이 생겨야 남과 북의 평화가 실질적으로 구조화된다고 본 것이다. 개성공단이 지도부의 돈줄이나 외화벌이 수단이라는 식의 평가와 고정관념으로서는 설명이 불가능한 대목이다.

한편 북측은 러시아와 중국, 중동 등에 노동력을 송출한다. 중국과 러시아 쪽 송출 노동력의 월평균 임금은 300달러 이상이다. 중동에 나가는 송출 인력들은 많은 경우 월 1,000달러까지 고소득을 올린다. 만약 그들이 정말 개성공단 사업을 '경제적 관점'의 '돈줄'로만 생각한다면 개성공단을 닫고 해달 인력들을 해외로 송출했을 것이다. 우리는 개성 공단뿐만 아니라 북한을 너무 모른다.

3) 근로자 임금을 국가가 가져간다?

북측 근로자들의 임금 지급 체계를 모르고 하는 이야기다. 임금의 대부분은 상품공급권으로 주어진다. 북측 근로자들의 임금은 자신들이 근로한 만큼 정확히 산정되어 달러 가치로 계산되며 매월 전체 근로시간에 대한 확인을 근로자들이 스스로 서명(북측 용어로 '수표'), 확인한다.

일반적으로 북측에서는 임금이라고 하지 않고 생활비-노동보수라고 한다. 노동보수의 30%는 사회문화시책비(무상교육-무상의료 등의 소위 사회주의 국가시책 운영기금)로 공제하고 나머지 70%의 금액은 대부분 상품공급권으로 지급 된다. 그 나머지만 북측 화폐(조선 원)로 지급된다. 상품공급권은 개성공단 근로자 대상 전용 상품공급소에서 쌀, 밀가루, 채소 등의 식료품과 생활용품으로 교환 할 수 있다. 상품공급소에서 교환되는 상품은 국정 가격이라 장마당 가격보다 훨씬 유리하기 때문에 상품공급권은 대부분 먹거리와 기본적인 생활용품 구매로 사용한다. 기타 생활비는 집단주의가 강한 체제 특성상 상호부조(생일, 잔치, 장례 등)나 추가 생필품 구입 등에 쓰인다. 국가가 가져갈 돈이 없다.

4) 북측의 시장경제 학습장

개성공단은 싫든 좋든 북측에게도 경제적 측면에서 여러 변화들을 가져오게 했다. 남북이 서로 배우는 게 적지 않겠지만, 개성공단의 기업 운영은 자본주의 경제질서에 입각해 있기 때문에 북측은 자본주의 경제질서를 간접적으로나마 체험하고 있는 것이다.

경제적 측면에서도 개성공단은 북측에 여러 변화를 가져왔다. 남측의 기술력과 자본을 바탕으로 한 생산기지를 개성 지역에 건립한 것은 북측 지역경제에 새로운 활기를 불어넣었다. 직접적으로 개성공단 사업은 5만 3,000명의 북측 근로자를 고용함으로써 개성시와 인근의 경제를 안정적으로 활성화시키는 효과를 낳았다. 그것은 큰 틀에서 북측 경제에 새로운 활기를 불어넣을 수 있는 가능성을 제시하기도 한다.

또한 그 모든 것은 문화적 · 경제적 '다름'들을 상호 체득해가는 과정이기도 하다. 북측이 우리의 시장경제를 체험하고 있다는 사실은 그 자체만으로도 엄청난 상징이다. 북측의 관료와 근로자들이 세무와 회계를 배우고, 북측 근로자들이 남측 기업에 근무하면서 일상적으로 물량 수주, 상품, 판매, 납기준수, 성과급, 생산성 등의 시장경제 개념들을 배우고 있다는 것은 참으로 간단치 않은 실례들이다.

2-10 / 개성공단 금강산, 평양의 관광객 현황

1) 관광객 및 개성공단 자료

구분	연도	'98	'99	'00	'01	'02	'03	'04	'05
금강산 관광	해로	10,554	148,074	213,009	57,879	84,727	38,306	449	-
	육로	-	-	-	-	-	36,028	267,971	298,247
	합계	10,554	148,074	213,009	57,879	84,727	74,334	268,420	298,247
개성 관광		-	-	-	-	-	-	-	1,484
평양 관광		-	-	-	-	-	1,019	-	1,280

구분	연도	'06	'07	'08	'09	'10	'11	'12	'13	'14	'15	'16	'17	'18	합계
금강산 관광	해로	-	-	-	-	-	-	-	-	-	-	-	-	-	552,998
	육로	234,446	345,006	199,966	-	-	-	-	-	-	-	-	-	-	1,381,664
	합계	234,446	345,006	199,966	-	-	-	-	-	-	-	-	-	-	1,934,662
개성 관광		-	7,427	103,122	-	-	-	-	-	-	-	-	-	-	112,033
평양 관광		-	-	-	-	-	-	-	-	-	-	-	-	-	2,299

2) 개성공단 가동중단 이후 주요 지원 상황(2018.12.31 기준)

구 분	세부 구분		금 액
기업 피해지원	보험 가입분(109개사)		3,037억원
	보험 미가입분	투자(172개사)	850억원
		유동(159개사)	1,760억원
	소 계		5,647억원
근로자 위로금	개성공단 주재원 위로금(804명)		124억원
자금 지원	자금 대출	특별대출(520건)[1]	2,521.5억원
		긴급 경영안정자금 지원(515건)[2]	4,319.8억원
	소 계		6,841.3억원
	대출상환유예 및 만기연장[3]	남북협력기금	725억원
		공공·민간 금융기관	3,827억원
	소 계		4,552억원
세 제 및 보험 지원	국세	납기연장(320건)	1,935억원
		징수유예(78건)	32억원
		체납처분 유예(53건)	15억원
		소 계	1,982억원
	지방세	납기연장(199건)	160억원
		징수유예(18건)	3억원
		소 계	163억원
	고용·산재 보험료 경감(148개사)		14억원
고용안정 지원	고용유지 지원금(944명)		30억원
	휴업(휴직)수당 추가지원(1,725건)		10억원
	실업급여(459명)		26억원
	긴급 생계 지원(10건)		0.3억원
	소 계		66.3억원

[1] 만기연장 등 219건 포함 [2] 재대출 등 포함 [3] 대출원금 기준, 최초 유예·연장 건 집계

3) 개성공단 생산액 현황

(단위 : 만달러)

연도\구분	'05	'06	'07	'08	'09	'10	'11	'12	'13	'14	'15	합계
생산액 (만 달러)	1,491	7,373	18,478	25,142	25,648	32,332	40,185	46,950	22,379	46,997	56,330	323,303

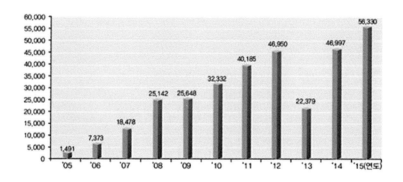

4) 개성공단 근로자 현황

(단위 : 명)

구분 \ 연도	'05	'06	'07	'08	'09	'10	'11	'12	'13	'14	'15
북측 근로자	6,013	11,160	22,538	38,931	42,561	46,284	49,866	53,448	52,329	53,947	54,988

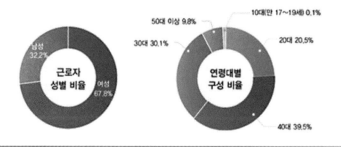

학력분포(%)			평균연령(세)			연령대별(%)					성별(%)	
대졸	전문학교	중졸	전체	남	여	10대	20대	30대	40대	50대	남	여
8.1	7.1	84.8	39.0	42.3	36.4	0.1	20.5	30.1	39.5	9.8	32.2	67.8

5) 개성공단사업 추진 현황

① 개성공단 입주 기업수

※ 개성공단 통계는 개성공단 전면 중단(2016.2.10)으로 2015년말 기준으로 작성

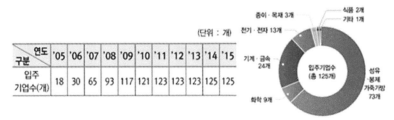

(단위 : 개)

구분＼연도	'05	'06	'07	'08	'09	'10	'11	'12	'13	'14	'15
입주 기업수(개)	18	30	65	93	117	121	123	123	123	125	125

② 개성공단 생산액 현황

구분＼연도	'05	'06	'07	'08	'09	'10	'11	'12	'13	'14	'15	합계
생산액 (만 달러)	1,491	7,373	18,478	25,142	25,648	32,332	40,185	46,950	22,379	46,997	56,330	323,303

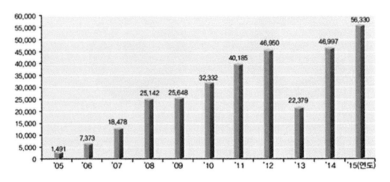

③ 개성공단 근로자 현황

(단위 : 명)

구분＼연도	'05	'06	'07	'08	'09	'10	'11	'12	'13	'14	'15
북측 근로자	6,013	11,160	22,538	38,931	42,561	46,284	49,866	53,448	52,329	53,947	54,988

학력분포(%)			평균연령(세)			연령대별(%)					성별(%)	
대졸	전문학교	중졸	전체	남	여	10대	20대	30대	40대	50대	남	여
8.1	7.1	84.8	39.0	42.3	36.4	0.1	20.5	30.1	39.5	9.8	32.2	67.8

2-11 / 남북경협과 개성공단

　무슨 일에 대해서든 관점의 차이가 없을 수는 없지만, 일반적으로 개성공단이 남북대치 상황에서 긴장을 완화하고 남북 간 경제협력의 상징으로서 북한의 개방화 및 시장화에 큰 역할을 했다는 데에는 이견이 없는 것 같다. 직접 개성공단에 진출한 기업들은 북한 개발 협력 사업을 통해 북한의 민생을 지원하고 평화에 기여하고 있다는 자부심과 사명감을 가지고 있다.

　중국은 또한 대북 투자를 확대하고 북한 노동력을 적극 활용하고 있다. 북중 접경지역의 중국 영토 내에 공장을 설립하고 북한 근로자들을 이주시켜 노동력을 활용하기도 한다.

　중국이 북한으로부터 실리를 챙길 수 있는 대표적인 분야는 바로 지하자원이기 때문에 중국이 북한의 철광을 비롯하여 금광, 동광, 몰리브

덴광, 탄광 등 거의 모든 분야에 투자한 것은 잘 알려진 사실이다. 중국은 이미 북한의 지하자원을 선점하고 중국보다 노동 비용이 낮은 북한 노동력을 활용하여 자국 기업의 경쟁력을 강화하고 있다.

대한민국은 저성장의 시대에 접어들었다. 지난 5년간 평균 2%대의 성장률을 보였고, 금년에도 2%대를 벗어나기 어려울 것으로 보인다. 또한 양극화와 일자리 문제가 심각해지고 있다. 2013년 3.0%였던 실업률은 2016년 3.7%로 늘어났고, 특히 청년 실업률은 7.4%에서 9.7%로 빠르게 증가하고 있다. 이렇게 저성장이 고착화되어 고용이 감소하고 양극화가 심화되면 복지지출 확대로 인해 국가부채가 증가하게 된다.

그동안 개성공단 사업은 많은 시련과 난관을 겪었지만, 결정적으로 2016년 북한의 4차 핵실험으로 전면 중단하게 되었다. 그로 인해 입주기업들은 큰 피해를 입었다. 투자 손실도 컸지만, 그보다는 이후의 사업 전개가 더 큰 문제이다. 중국, 베트남 등지로 진출했다가 경쟁력을 상실하고 국내로 유턴을 희망하는 우리 중소기업의 대안지로 각광을 받아왔던 개성공단의 중단은 입주기업들의 활로 상실을 의미한다. 개성공단 수준의 경쟁력을 갖춘 국내외 대체공장은 사실상 찾기 어려운 상황이다. 중국 기업들과 경쟁해야 하는 우리 중소기업들은 더욱 어려운 상황에 처하게 된 것이다.

개성공단 입주 기업들이 자부심과 사명감을 갖고 있다 하더라도, 더 궁극적인 것은 사업의 경쟁력 확보와 이윤 추구이다. 개성공단을 통해 북한을 도와주는 것이 목적이 아니라 자신들의 사업에서 성공을 추구하는 것이 더 큰 목적이다.

궁극적으로 평화적인 통일로 나아가기 위한 경제통일의 길을 열게

될 것이다. 이러한 경제통일을 위한 남북경협의 길은 중소기업이 앞장
서야 한다.

2-12 다시 봐야 할 나선특별시

　동북아시아 지도를 살펴보면 남북관계나 북.미 관계 등 북한을 둘러
싼 다양한 현안의 핵심을 이해하는 데 큰 도움이 된다. 휴전선에 가로막
혀 지리적으로 고립되어 있는 한국과 달리 북한은 중국, 러시아와 연결
되어 있다. 특히 북동쪽 끝에 자리잡은 나선특별시는 동북아시아의 경
제 허브로서 그 가치가 엄청나다. 수심이 깊고 반풍지역 환경이 뛰어난
곳이다. 나선특별시는 북한-중국-러시아가 국경을 맞대고 있는 교통
과 물류의 요충지일 뿐 아니라 겨울에도 얼지 않는 부동항인 나진항이
자리잡고 있다. 더구나 막대한 지하자원 매장지와 중화학공업 단지가
배후에 있고, 장차 북극항로의 중심지로서 요건도 충분히 갖추고 있다.
나선시를 중심으로 나선시와 훈춘(중국) 포이세트(러시아)를 잇는 '소
삼각지대', 그리고 함경북도 청진과 연길延吉(중국), 블라디보스토크
(러시아)를잇는 '대삼각지대'로 구분할 수 있는 두만강 개발은 한민족
의 경제 전략으로서 추진해야 할 안건이다.
　북한은 1991년 12월 나진.선봉에 '자유경제무역지대'를 설립하면
서 본격적인 두만강 개발계획에 착수했다. 1993년에는 나진과 선봉을
합쳐서 나진선봉시로 개칭하고 경제무역특구로 선정했다. 몇 차례 개
편되어 현재는 행정구역상 나선특별시(북한에서 특별시는 남포와 나

선 두 곳뿐이며, 평양은 직할시)로 승격되었다.

그 배경에는 바로 두만강 하구 개발 계획이 있었다. 유엔개발계획 (UNDP)은 1991년 10월 평양회의를 통해 정부 간 협력사업으로 두만강유역개발계획(TRADP) 수립을 결정하고 이 사업을 동북아시아 지역 개발 최우선 추진 과제로 지정한 바 있다. 1992년에는 두만강유역개발계획이 정식 출범했다. 2005년에는 사업 대상 지역을 더 확대해 국가 간 협의체인 광역두만강개발계획(GTI)으로 재탄생했다. 그러나 북핵 갈등과 경제 제재, 첨예한 이해관계를 조정할 수 있는 제도적 수단 부족 등 다양한 문제를 극복하지 못한 채 현재 지지부진한 상황이다. 북한이 대북 제재에 반발해 GTI를 탈퇴한 것 역시 걸림돌이다.

중국은 처음에는 북한을 거치지 않고 두만강 하구를 직접 연결하는 방안을 검토하기도 했다. 하지만 두만강 하구는 배가 다니기에 강폭이 좁고 항만 시설을 건설하기에는 수심도 얕다. 여름에는 상류에서 떠내려 온 퇴적토가 쌓이고, 겨울에는 강이 얼어 버린다. 반면 나진항은 나진만 입구에 있는 대초도와 소초도 두 섬이 천연 방파제 역할을 하고, 부두 전면 최대수심이 12미터로 5만 톤급 선박이 접안할 수 있다. 중국으로서는 나선과 연결되면 동북 3성에서 생산한 물품을 동해로 직접 운송할 수 있게 되는 것이다. 한국해양수산개발원 보고서(2015)에 따르면 나진항이 본격적으로 가동되면 헤이룽강과 지린의 잠재 물동량의 절반 이상을 나진항이 흡수하게 된다. 또 나진항을 통해 북미 서해안으로 연결될 경우 중국 다롄항을 경유하는 것보다 2600킬로미터나 단축할 수 있기 때문에 북한과 중국 모두에 이득이다.

러시아 역시 연해주 경제개발을 위해 나선시가 필요하다. 러시아는 연해주에 블라디보스토크와 포시에트라는 항만이 있기는 하지만 블라디보스토크는 완전한 부동항이 아닌데다가 항만 시설도 포화 상태이고, 포시에트는 부지와 만은 넓지만 수심이 얕은것이 치명적인 단점이다. 러시아는 2012년 극동개발부를 설치하고 '극동·바이칼 지역 경제·사회 발전 국가 프로그램(2014~2025)'을 추진하는 등 중앙정부 차원에서 연해주 개발에 적극적이다. 2013년 11월에는 블라디미르 푸틴 Vladimir Putin 대통령이 한국을 방문해 박근혜 대통령과 나진-하산 물류 프로젝트에 한국이 투자한다는 데 합의하기도 했다. 러시아는 북한과도 2011년 8월 울란우데 정상회담에서 시베리아 사할린 가스관의 북한 통과에 합의한 바 있다. 2016년 2월 북한이 제4차 핵실험을 감행한 뒤 유엔 제재 결의 과정에서 러시아가 나진-하산 물류 프로젝트를 제재 대상에서 제외시킨 것은 러시아가 두만강 하구 개발에 얼마나 큰 관심을 가지고 있는지 잘 보여주는 대목이다. 그런데도 박근혜 정부는 유엔의 대북 제재 결의에 앞서 나진-하산 물류 프로젝트를 일방적으로 중단해 버렸다.

하지만 한국은 3면이 바다인 데다 북쪽은 휴전선으로 막혀 있다 보니 비행기나 배가 아니면 외국으로 나갈 수가 없다. 섬보다도 더한 섬이다. 그 결과 한국은 국제적 감각은 퇴화하고, 시야는 좁아질 대로 좁아져 있다. 개성과 나선, 압록강 하구의 황금평과 비단섬은 모두 남북 경제협력을 넘어 둥북아시아 경제를 주도할 중심지라고 할 수 있다. 이곳을 연결하는 철도를 통해 베이징과 울란바토르, 모스크바까지 이어지는 상상을 해 보자. 일부에서는 상상에 불과하다고 할지 모르지만 그런 상상이야말로 미래를 만드는 원동력이다.

국토교통부에 따르면 북한 철도 노선의 98퍼센트가 단선으로 이루어져 있으며, 철도 시설 노후화로 평균 운행속도는 시속 30에서 50킬로미터라고 한다. 하역 능력은 약 3700만 톤으로 20여 년 간 정체되어 있다. 1998년 북한 대외경제협력추진위원회와 철도성, 철도부가 함경북도 남양에서 나선특별시 159킬로미터를 조사한 뒤 철도 현대화 비용으로 약 3억 8300만 달러를 추산했다. 러시아 철도부는 2001년 두만강역부터 강원도 평강까지 781킬로미터 구간을 실태 조사한 뒤 광궤는 31억 6000만 달러, 표준궤는 24억 9000만 달러로 비용을 추정했다. 두 조사 간 비용 차이가 10배 정도 되기 때문에 철도 현대화를 위한 추가 조사가 필요하긴 하다. 나진-하산 물류 프로젝트를 이미 추진한 경험을 살려 한국 정부가 전략적인 판단으로 북한 철도 현대화사업에 적극 나서 주길 기대해 본다.

3장

통일 과정

3-1 개성공단은 다름과 차이의 공존 지대

개성공단 남측 주재원들은 모두 일반인들이다. 이들은 따로 북한에 대해 교육받고 특별한 임무를 갖고 개성송단에 들어간 것이 아니라 개성공단 입주기업의 일반 근로자로 생활하면서 접하게 된 개성공단과 북측 근로자들과의 만남을 그들의 눈높이에서, 있는 그대로 가감 없이 언급했다. 오랫동안 반공교육을 받았고, 그 결과 적지 않은 반북의식을 갖고 있는 일반 국민의 눈높이에서 만나게 된 개성공단과 북측 사람들에 대한 이야기들이기에 때로는 다소 투박하고 북측에 대한 오해와 곡해의 여러 지점들도 없지 않다.

　　북한 사람들의 변화를 말하기 전에 우리가 가져야 할 태도가 있다. 바로 나와 다른 '북한'을 인정하는 것이다. 남북 사이에 서로 '다름'을 인정하는 것은 남북이 함께 살고, 나아가 그 '다름'을 극복하고 하나의 의식공동체로 거듭나기 위해 반드시 필요하다. 우리에게 남북의 평화공존은 지난 수십 년 동안 지상 목표와도 같았다. 국민여론 역시 남북간 평화공존을 전폭적으로 지지한다고 대답할 것이다.

　　남과 북 사이에 평화공존이란 양측 정부가 전쟁을 하지 않고 함께 살아가기로 약속하고 이를 실천해가는 것을 뜻한다. 평화공존은 서로가 '다름'을 인정하는 것에서부터 출발한다. 사실 '다름'을 인정할 때 비로소 우리는 서로의 차이를 정확히 알게 되고 또 그것을 줄일 수 있는 방법을 찾아 낼 수 있다. 이 시대는 나와 다른 삶과 문화를 관용하고 인정하는, '다름'과 공존하는 시대이며, 나아가 공존을 넘어 통일을 실현해가는 시대라고 할 수 있다.

　　남북문제만이 아니라 여러 사회적 이슈들에 대한 논쟁에서 툭하면 한쪽에서는 상대적으로 진보적 주장을 하는 이들에게 '친북좌파' 혹은 '종북좌파'라는 딱지를 붙이며 그들을 자신과 타협할 여지가 없는 배제해야 할 세력으로 매도한다. 다른 쪽에서는 보수적인 주장을 하는 사람들에게 '수구꼴통'이라 비난하며 대화불통 세력으로 낙인찍는다. 물론 양쪽의 상대방 비난을 '둘 다 똑같다'는 식으로 비판하거나 같이 평가하기는 어렵지만 '다름'이 인정되지 않는다는 점에서는 공통점이 있다. 나와 다른 사고와 의식과 문화를 배격하는 이러한 이분법적 대결의식으로 인해 대부분의 중요 문제에 대해서 사회적 합의를 도출해내지 못하고 끝내 국회에서 몸싸움이나 거리에서 충돌로 이어지기 일쑤다. 모든 갈등이 상대방과의 공존을 전제로 하는 윈-윈 게임의 관점에서 전개되는 것이 아니라 상대를 생존 공간에서 배제하는 '전부 아니면 전무' 식의 제로섬 게임으로 전개되는 측면이 큰 것이다.

남북공존도 추구해야 하지만 그 전에 '남남공존'의 틀부터 확립할 필요가 있다. 이를 전제로 우리 사회에서 북한문제와 통일문제에 대해 사회적 합의를 이끌어내고 통일시대를 준비하기 위해서도 다름과 공존하는 문화의 정착이 필요하다.

이데올로기적으로도 건전한 보수와 합리적인 진보가 서로 보완적으로 선의의 경쟁을 벌이며 공존하는 사회공동체가 형성되어야 한다. 그러기 위해서는 조금씩 함께 승리하는 협력적 경쟁문화의 창출이 필요하다. 이렇듯 국내적으로 여러 사회세력 간에 공존 문화가 형성되면 남북관계에서도 매 이슈마다 극단적인 대결 대신에 타협과 조정을 위한 노력이 우선될 것이다. 이는 함께 살며 공동 이익을 추구하는 공존과 호혜의 남북관계를 구축해나가는 데도 큰 도움을 줄 것이다.

3-3 평화와 통일은 상호존중에서

상상할 수 없는 민족 대번영의 엄청난 기회들이 우리 눈앞에 있다. 평화가 통일이고 평화가 대박이다. 엄청난 국가적 비용도 필요 없고, 특별한 국가적 노력과 국민들의 각고의 인내가 필요한 것도 아니다. '상호존중'의 정신 하나면 된다. 남과 북이 서로를 있는 그대로의 모습으로 존중하는 자세만 가지면 모든 것이 해결된다.

'상호존중'은 서로 적대시하지 않겠다는 것이다. 우리는 우리식 질서인 자본주의 경제질서와 자유민주주의적 가치질서를 추구하고, 북측은 북측대로 사회주의 경제와 인민민주주의의 사회발전 논리들을 추구해 가는 것이다.

남북 간의 평화와 통일을 위한 몇 번의 역사적 합의였던 1972년 7.4 남북공동성명, 1991년 남북기본합의, 2000년 6.15 공동선언, 2007년 10.4선언 남북정상회담, 북미회담의 공통점을 하나의 단어로 압축하면 그것이 바로 '상호존중'이다. 평화와 통일은 '상호존중'의 정신과 원칙, 태도 이 하나로 시작되고 또 완성된다. 북이 원하는 것도 바로 이 상호존중이다.

남북이 상호존중하는 순간 평화, 즉 실질적 통일은 시작되고 또 통일의 완성까지 나아가게 된다. 결국 상호존중의 정신과 평화가 가져다줄 엄청난 국가발전과 국민행복의 여러 상황들은 아는 만큼 보이고 전망할 수 있다.

3-4 평화와 통일이 민족공동번영의 길이다.

이명박 정부 이후 대북정책이 대립정책으로 급변하면서 '평화'의 자리에 '긴장'과 '적대'가 들어섰다. 평화-통일교육의 자리에 분단교육, 안보교육이 자리 잡았다. 전면적인 반북, 반통일 담론이 사회문화적으로 확산되었다. 민족공동번영과 평화와 통일의 역사적 이정표였던 6.15와 10.4선언은 간단히 부정되었고, 북한을 조롱하고 비난하고 이질감을 조장하는 드라마, 영화 등이 흘러넘쳤다.

통일은 평화다. 평화가 통일이다. 제대로 된 통일은 '평화'라는 오랜 과정을 거쳐 마침내 오는 마지막 결과물이다. 결국 통일은 수십 년에 걸친 오랜 기간의 '평화'이며 '평화 과정' 그 자체가 통일이다. 엄청난 경제적 상호번영이 기다릴 뿐이다. 남측의 자본과 기술, 세계 최고 경쟁력의 북측 노동력(생산성)과 무궁무진한 국가 소유의 토지, 추정 불가능한 지하자원의 시너지 효과들이 만나 경제 번영의 새로운 역사를 만들어 갈 수 있다. 그 과정은 철저히 남과 북의 '유무상통' 과정이 될 것이다.

분단 70년의 질곡만큼이나 역설적으로 평화가 제도화되는 순간 남북간 민족공동번영의 엄청난 발전과 성장, 품격 높은 새로운 한반도 시대가 열리게 된다.

3-5 / 남북은 배우며 산다.

오늘도 또 이렇게 옥신각신 서로를 배우고 있다. 남북 간의 문화 차이, 행정의 차이, 경제의 차이, 정치의 차이…. 그 수준의 차이는 자명하지만 우리 상대에게 옳고 그름의 문제로서 이야기할 수 있는 것은 아무것도 없다. 도덕적 기준, 윤리적 기준, 사회관습적 기준, 행정절차적 기준 등등의 기준 자체가 다를 수 있음을 항상 마음으로 준비해야 한다.

진정 남북이 상호존중과 공존공영의 미래희망을 함께 만들어 가기 위해서라면 한 쪽 옳음이 상대들의 틀림이 될 수 있고 저들의 옳음이 나에겐 틀림이 될 수도 있다는 걸 받아들여야 한다. 그 모든 것은 다름이다. 다름의 공존이다. 그렇게 서로의 '다름'들이 일상적으로 함께 공존하고 있는 것이다. 그럼에도 희망을 키울 수 있는 것은 공유할 수 있는 같음이 절대적으로 더 많다는 것이다. 이렇게 또 하루의 상대국에 대한 공부가 쌓여간다.

북측에 대한 공부의 첫 번째 태도, 서둘지 말고, 인내심을 가지고, 나의 주관적 가치판단을 잠시 접어두라는 것, 매일매일 반복적으로 되뇌는 교훈이다.

3-6 급격한 통일도 문제

남북의 (급격한) 통일을 원치 않는다는 것이 나의 결론이다. 지금 통일을 논하기에는 남북이 처한 현실이 너무나 팍팍한 것이 사실이다. 이 질화가 더욱 심화되는 상황에서 통일이라는 말 자체가 너무도 낯설게 다가오는 것이다. 결국 통일을 위한 준비는 우리 사회를 좀 정상적인 사회로 만들어놓는 것으로부터 시작되어야 하지 않을까?

정상적인 사회가 뭐 별건가. 그냥 '법대로' 돌아가는 사회이다. 헌법정신에 충실하게 운영되는 사회이다. 성실하게 살아가는 사람들이 억울한 일 겪지 않는 사회이다. 아니, 최소한, 아이들 수백 명을 산 채로 수장시키는 사회, 진상 규명을 요구하는 그 부모들에게 최루액 물대포를 쏘아대고 '종북'의 굴레를 덮어씌우는 사회, 국민 알기를 우습게 여기는 무리들이 선거 때마다 압승하는 그런 사회만 아니어도 될 것 같다. 그래야만 어느 날 갑자기 통일이 우리에게 다가왔을 때 그 어마어마한 충격파를 감당해나갈 수 있을 테니….

3-7 / 남북의 공통점과 차이점

남북은 여러 가지 면에서 차이가 있다. 오랫동안 남과 북을 관찰한 경험에 따르면 크게 다섯 가지의 이질성과 유사성이 있다. 무엇보다 남한이 형이하학적 가치를 중시하는 데 반해 북한은 형이상학적 가치를 중시한다. 이는 매우 역설적인 대목인데, 남한이 오히려 더 유물론자 성향이 강하다. 주로 강조하는 것을 보면

첫째, 남한에서는 '부자되세요'라며 경제성장과 외환 보유고를 강조하지만, 북한에서는 자주성이나 주체 등 정신적인 면을 강조한다.

둘째, 남한은 개인주의, 북한은 집단주의이다.

셋째, 남한은 세계주의를 지향하고, 북한은 민족주의를 지향한다. 남한은 세계로 나아가려 하고, 북한은 민족으로 들어오려고 한다.

넷째, 남한은 미래가 없는 현실은 현실 취급을 하지 않는다. 반면 북한은 과거부터 보고 현재를 보는 과거지향적인 시각이 강하다.

다섯째, 북한의 수령주의는 세계 어느 나라와도 다른 이질적인 특성이다. 수령이란 말은 영어로 번역하기도 힘들고 수령이란 말이 갖는 의미를 제대로 담지 못한다.

또 다섯가지의 유사성을 살펴보면 첫째, 깊고 넓고 풍부한 경험이 있다. 필자가 50년 넘게 미국에 살면서 항상 느끼는 것이 나만큼 다양한 경험을 한 미국 사람이 주변에 별로 없다는 것이다. 최근 100년 동안 겪은 일만 해도 우리 민족은 식민지 경험과 전쟁, 분단, 혹독한 빈곤과 산업화, 민주화, 독재와 민주 정부를 모두 경험했다. 수천 년의 자랑스러운 역사와 문화유산도 가지고 있다. 경험이 많은 사람은 대개 아픔을 많이 겪은 사람이기도 하다. 어떤 민족이 경험이 풍부하다는 것은 곧 굴곡진 현대사 속에서 온갖 고생을 했다는 뜻이기도 하다.

둘째, 언어와 인종이 같고, 눈에 보이지 않는 유교적 가치관과 샤머니즘적 신명도 유사하다. 셋째, '한'을 품고 있고 '정'이 많으며 '흥'이 있다. 넷째, 우리 민족이 갖고 있는 고유한 절대 가치가 있다. 예를 들어 '사람이 되어야지'라는 개념의 말은 남과 북에서 동일하게 쓰인다. 다섯째, 남과 북 모두 긍지를 중요하게 생각한다. 북한은 미국에 맞서 싸우는 것에서 자긍심을 찾고, 남한은 한류에서 긍지를 느낀다. 우리나라 사람만큼 몇 등이라는 순위에 흥미를 갖는 사람들도 없을 것이다.

긍지를 만들어 가는 과정이 바로 통일의 과정이다. 평화를 만드는 것과 우리가 만들어 갈 새로운 경험에서 긍지를 느껴야 한다. 또한 통일을 일구는 것에서 역사적 소명감을 가져야 한다. 우리 민족이 인류 역사에서 중요한 역할을 하는 것이 바로 통일이다. 평화로운 인류 사회를 구현하는 데 방향을 제시하는 것이야 말로 우리 민족이 인류 역사에 가장 크게 공헌할 수 있는 길이라고 믿는다.

아울러 통일을 위해서는 서로 상대방의 장점을 인정하는 것이 중요하다. 서로 이해하고 장점을 찾으려는 노력이 필요하다. 모든 사람과 국가가 잘못된 것만 보려고 하면 나쁜 것만 보이기 마련이다. 문익환 목사가 생전에 재판을 받을 때 검사가 '친북'을 문제 삼자 "통일을 하려면 북한과 친해야 한다. 이남 사람들은 친북이 되고, 이북 사람들은 친남이 되어야 통일이 된다"고 반박한 적이 있다. 바로 그런 자세가 통일을 만들어 가는 자세가 아닐까. 6.15 남북 공동선언에서 상호 비방을 중지하자고 했지만 그것만으로는 부족하다. 일부러라도 남한에서는 북한을 칭찬하고, 북한에서는 남한을 칭찬해야 한다. 칭찬하는 관계 속에서 평화가 이루어 진다.

남한이나 북한이나 서로 비판하려고 들면 비판할 거리는 얼마든지 많다. 당장 한국에 사는 사람들도 '헬조선'이라면서 사회를 비판하기도 한다. 그렇다면 북한에서는 남한의 어떤 점을 칭찬할 수 있을까? 한국의 대중문화가 세계 곳곳에서 많은 사랑을 받으며 '한류' 열풍을 이어가고 있는데, 북한에서도 얼마든지 칭찬할 만한 일이 아닐까 싶다. 김일성 주석은 생전에 공개적으로 이야기하지는 않았지만 남한의 경제 발전을 칭찬하고 부러워하곤 했다.

말이라는 것이 요물이라서 이쪽에서 '멍청이'라고 욕하면 저쪽에서는 '바보'라고 대답하고, 그럼 다시 '바보 멍청이'라고 하다가 결국 멱살잡이까지 하게 된다. 반대로 청춘남녀가 처음 만나 연애를 시작할 때는 마음에 안 드는 부분이 있더라도 서로 칭찬을 하면서 애정을 키워 가기 마련이다.

입만 열면 '폭군'이니 '독재자'니 하며 김정일 국방위원장을 비난하던 조지 W. 부시 대통령도 노무현 대통령의 권고에 따라 '미스터 김정일 위원장'이라고 호칭하면서 북한으로부터 유화적인 반응을 이끌어

냈던 선례도 있다. 생각해 보면 그런 것이 사람이 살아가는 세상에서 일이 굴러가는 방식이 아닐까.

3-8 / 왜 남북은 자주 만나야 되나

만나야 소통이 되고 다름이 같음이 된다

분단 74년이 다 되어 간다. 1945년 처음 일본군의 무장해제를 위해 38선이 그어질 때만해도 분단이 이렇게 오래 갈 것이라고는 누구도 생각하지 못 했을 것이다. 분단 후 남과 북은 다른 체제와 이념, 다른 환경 속에서 살아왔다. 여전히 언어와 정서라는 측면에서는 '같음'을 공유하고 있지만 74년을 떨어져 다르게 살면서 가치관이나 생활방식 면에서는 많은 '다름'이 나타났다.

해방 후 미군이 진주한 남쪽에는 '미국식 민주주의'와 자본주의가 수용돼 '개인'과 '시장경제'가 최상의 가치로 자리잡았다. 반면 소련군이 진주한 북쪽에는 '인민 민주주의'와 사회주의가 선택되어 '집단'과 '계획경제'가 중요 가치로 자리잡았다. 세월이 흘러 서로의 체제가 안착되고, 일제강점기와 해방공간의 경험을 공유한 세대가 사라지면서 이제는 만나도 낯설기만 하다. 더욱이 전쟁과 냉전의 시기를 거치면서 맹목적인 적대의식이 뿌리를 내렸고, 남과 북은 서로를 비난하는데 익숙해졌다.

자본주의 생활방식에 익숙한 남쪽 사람들은 북녘을 방문해도 사회주의 삶에 익숙한 그들을 쉽게 받아들이기 어렵다. 남녘을 방문한 북쪽 사람들도 마찬가지이다. 그러나 남과 북의 생활방식이 다르다고 해서 상대방이 잘못됐다는 '틀림'의 시각으로 서로를 보는 것은 잘못된 태도이다. 서로간의 차이와 다름을 인정하고 서로의 만남과 교류, 토론을 통해 접점을 마련해 나가려는 노력이 필요한 것이다.

그런 점에서 분단 55년에 열린 2000년 남북정상회담은 남과 북의 적대관계를 청산하고, 공존·공생의 새로운 시대를 여는 계기였다. 남북장관급회담이 정례화되고, 개성공단 조성 등 다양한 분야의 협력이 활성화됐다. 특히 1998년 금강산관광 뱃길이 열린 지 5년만인 2003년 육로관광이 시작돼 매년 20~30만명의 관광객이 금강산을 방문했고, 그해 서울과 평양을 잇는 순수관광 목적의 하늘길도 처음으로 열렸다. 그리고 2005년 1만여 명의 남쪽 사람들이 〈아리랑〉 공연을 보기 위해 평양을 방문하기도 했다. 2007년 12월에는 개성 육로관광이 열려 2008년 11월 중단될 때까지 11만명이 다녀왔다. 이러한 만남을 통해 남과 북은 반세기 동안의 단절을 뛰어넘어 서로에게 다가갔다.

안타깝게도 이명박, 박근혜 정부 출범이후 남북관계는 여러 요인으로 급속히 냉각돼 한 차례의 남북회담도 열리지 않았고, 개성.금강산 관광도 중단돼 버렸다. 그리고 9년이 흘러 젊은 세대들에게 북녘은 다시 '낯선 타인'이 되어가고 있다.

시도 때도 없이 '북한 붕괴론', '체제 급변론'이 등장하고, 안보논리가 득세하면서 '통일로 함께 가는 동반자'로서의 북녘에 대한 객관적 인식은 사라진 채 '종북론'이라는 시대착오적인 색깔론이 횡행하는 실정이다.

그러나 서로에게 자신의 체제와 이념을 강요하고, 싸움을 통해 상대방을 흡수할 수 있는 시대는 이미 지나갔다. 치열한 '경제전쟁' 속에서 살아남기위해 남과 북이 서로 협력의 길, 함께 경제성장을 모색하는 선택을 해야할 시점이다.

우리 사회에서 북녘을 보는 다양한 시각이 존재한다. 당연한 현상이다. 문제는 북녘을 보는 시선이 너무 단편적이고 편견에 사로잡혀 있다는 점이다. '나무'는 보데 '숲'을 보지 못하는 한계를 보이고 있는 것이다.

75년을 떨어져 살아온 북녘사회와 북녘 사람들을 이해하기 위해서는 무엇보다도 그들의 '다름'을 받아들여야 한다. 우리가 다른 나라에 가게 되면 그 나라의 다른 사회구조와 다른 삶의 방식을 수용하는 것과 같은 이치다. 남과 북은 삶의 정서가 같지만 사회의 운영체계는 근본적으로 다르다. 따라서 단편적인 현상으로 북녘 사람들을 평가하거나 적대의식으로 북녘사회를 바라본다면 북녘의 진면목을 있는 그대로 받아들이기 어렵게 된다.

북녘사회를 제대로 이해하기 위해서는 전쟁과 냉전, 적대관계에서 형성된 편견과 주관을 경계해야 한다.

그러기 위해서는 우선 남과 북이 만나야 한다. 남과 북의 사람들이 오가며 막힌 '소통의 장'을 다시 열어야 한다.

한 번의 만남으로 75년의 다른 삶을 극복할 수 없겠지만, 자주 만나다 보면 '소통'이 이뤄지고 '다름'을 넘어 '같음'을 넓혀나갈 수 있을 것이다. 만남이 통일의 지름길이다.

북녘도 지난 10여 년 동안에 많이 달라졌다. '지식경제시대'에 맞는 경제건설을 위해 '세계적 추세'와 '실리 추구'가 강조되고 있고, '가는 길 험난해도 웃으며 가자'는 구호가 '자기 땅에 발을 붙이고 눈은 세계를 보라'는 구호로 바뀐 지 오래다.

'농민시장'이 '종합시장'으로 바뀌고, 휴대폰과 컴퓨터가 급속히 보급되면서 북녘 주민들의 생활이 근본적으로 바뀌고 있다. 북녘도 바야흐로 스스로 장기적 계획을 세워 '개혁(개선)·개방의 시대'에 접어들고 있는 것이다.

3-10 / 화해 협력 평화 공존을 위해 냉전 문화와 대결의식 버려야

평창동계올림픽을 계기로 남북대화가 재개되면서 모처럼 한반도에 화해·협력의 분위기가 고조되고 있다. 하지만 70년이 넘어가는 분단구조와 여기에서 비롯된 남북한의 냉전 문화 및 대결 의식은 여전히 강력한 영향력을 갖고 있다. 남북한 스포츠 단일팀 구성에 반대하는 여론이 더 높으며, 일부라고는 하지만 북한의 평창올림픽 참가 자체를 반대하는 사람들도 있었다.

핵 문제와 같은 중대 현안을 해결하는 것도 중요하지만 한반도 분단구조를 궁극적으로 타파하고 화해·협력 및 평화 공존의 분위기를 정착시키기 위해서는 남북한 사회에 남아 있는 냉전 문화와 대결 의식을 일소하는 것도 시급한 과제이다. 이러한 맥락에서 남북한 사회문화 교류를 주목할 필요가 있다. 왜냐하면 사회문화 교류를 통해

- 적대적 대결 의식을 완화할 수 있으며
- 체제 및 주민들에 대한 상호 이해를 확대할 수 있고
- 교류 과정에서 각종 오해를 불식시킬 수 있으며
- 통일 추진의 동력을 제공받을 수 있기 때문이다.

3-11 선악 이분법 세계관이 아닌 공존 패러다임으로

'평화를 원하면 평화를 준비하라!' 디터 젱하스의 이 경구는 평화를 대하는 우리의 태도가 바뀌어야 된다는 것을 의미한다. 역사 속에서 평화는 사람들이 가지는 막연한 두려움과 공포, 정보의 부족으로 생긴 오해 등에 의해 위협을 받아왔다. 국제관계나 남북관계나 개인의 일상에서나 나와 관계하는 대상을 악마화하는 것은 절대적으로 경계해야 한다. 서로 만남을 지속하고 이해하기 위한 노력을 계속해야 신뢰를 쌓아갈 수 있다. 따라서 평화로운 관계 맺기를 위해서는 과거의 선과 악이라는 이분법적 세계관이 아닌 공존의 패러다임이 필요하다.

한반도의 평화를 이야기하면서 평화는 일상의 문화 속에서 배양돼야 한다. 평화 문화는 일상의 권위주의적이고 갈등적인 문화적 요소를 폐기하고 수평적이고 협력적인 문화적 요소들을 개발해 나갈 수 있다는 믿음의 바탕 위에서 형성될 수 있다. 대화를 통해서 갈등을 해결하려

는 태도, 타인의 입장과 감정을 고려하는 역지사지의 마음가짐, 과거와 현재에 대해 끊임없이 성찰하는 자세는 상대방의 존재가치를 인정하는 것이다. 평화 문화는 이렇게 문화적 다양성에 대한 승인뿐만 아니라 다름을 존중하는 포괄적인 것이다.

3-12 적대와 비난의 화술은 화해와 격려, 협력의 화술로

가끔 평화에 대한 정의를 묻는 질문을 받을 때가 있다. 그러면 나는 '적을 친구로 만드는 것이 평화'라고 대답한다. 사람관계나 국가관계나 평화는 '우정'을 만들어 가는 일이라 생각한다. 친구가 있을 때 우리는 가장 안전하고 행복한 느낌을 갖고 산다. 적을 친구로 만들려면 우리의 화술을 바꿔야 한다. 지금까지는 적이었으니까 적대와 비난의 이야기를 많이 했지만 적을 친구로 만들려면 이해, 화해, 격려, 칭찬의 말을 더 많이 해야 한다. 그래서 평화와 통일을 원한다면 '적대와 비난의 화술을 화해와 격려, 협력의 화술'로 바꾸었으면 좋겠다는 생각을 한다.

지난 70년 동안 적대와 비난의 이야기를 해왔지만 우리는 분단문제를 해결하지 못했다. 그렇다면 이제는 새로운 서사로 문제를 풀어가야 하지 않을까? 분단된 우리 사회에서 평화 또는 통일관련 담론이나 활동은 오랫동안 불온하고 위험한 것으로 간주돼 왔다. 따라서 평화통일운 동은 어느 분야보다 시민활동이 자유롭지 못하고 시민들의 참여도 저조하고 그만큼 활동조건도 열악한 곳이다.

이러한 조건에도 불구하고 남북 간에 화해와 평화의 다리를 놓으며 묵묵히 일생을 바쳐 평화운동을 개척해 온 동료들과 후배들이 계셔서 그리고 그들과 뜻을 함께하는 시민들이 계셔서 우리는 오늘 대반전의 2018년 한반도 평화프로세스를 볼 수 있게 되었다.

-이현숙 (통일 교육 위원 중앙협의회 의장) 글에서

3-13 / 동질성 추구보다는 이질성의 포용을

남북은 70년 넘게 매우 이질적인 체제를 경험해 왔다. 그래서인지 통일을 '동질성 회복'이라는 관점에서 이야기하는 사람들이 많다. 강원용 목사는 생전에 남북 간의 동질성이 약해지는 것을 매우 우려했는데, 동질성 회복은 유아적 발상이라고 생각한다. 그런 접근법으로는 결코 통일을 이룰 수 없다. 동질성 회복이 아니라 이질성을 인정하고 수용하는 것이 중요하다. 2016년 미국 대선에서 도널드 트럼프가 미국 대통령에 당선된 뒤 미국 언론과 인터뷰하면서 나는 "트럼프는 무슬림을 배격하고 이주노동자를 추방한다. 이질성을 받아들이지 않는다. 그런 태도로는 결코 평화가 오지 않는다" 라고 본다.

3-14 / 단일국가 방식의 통일담론 극복해야

한반도의 통일을 남북한이 단일국가를 수립하는 것으로만 보는 고정관념을 버려야 한다. 상대방을 타자화시키고 권력에서 배제하는 단일국가 방식의 평화적인 흡수 통일방안은 존재하기 어렵다. 북한에서 정권 붕괴가 아니라 국가 붕괴가 일어나고 북한 주민과 주변 강대국의 동의 내지 묵인을 전제로 할 때만 상정해 볼 수 있는 것이다.

이러한 일이 가까운 장래에 일어날 가능성도 매우 희박하다. 설사 일어난다고 해도 상황을 잘못 관리하면 내전 등 돌이킬 수 없는 재앙에 직면할 수도 있다. 혹자는 독일 통일 사례를 들어 독일 방식의 통일을 꿈꾸기도 한다. 그러나 독일은 분단 이전에 이미 강력한 근대성을 갖는 정치공동체를 공유했던 경험이 있다. 그리고 내전을 겪지 않았고 동독 또한 사회주의 국가들 중에서는 가장 높은 수준의 경제발전도 성취하였다. 동독은 이러한 저력을 바탕으로 소련이 개입을 철회하자 자체의 정치적 역량으로 서독과의 통합을 추구할 수 있었다. 통일문제에 있어서 동서독과 남북한은 적절한 비교성이 없다.

역설일 수도 있지만 남북한은 서로 당장 단일국가 방식의 통일을 주장하지 않거나 포기할 때 사실상의 통일은 시작될 수 있다. 바람직한 통일의 기본 방향은 남북한의 기존 국가체제와 이념 및 정부를 일거에 허무는 빠른 통일이 아니라 서로의 국가를 인정하고 장기간의 평화공존 체제를 제도화하면서 체제와 이념의 상용도를 높여가는 데 두어야 한다.

통일은 반드시 평화적이어야 한다. 평화적 수단으로 이루어지지 않는 통일은 결코 바람직한 미래가 될 수 없다. 그러려면 이질성을 수용해야 한다. 서로 다르다는 것을 받아들이는 태도가 필요하다. 남북 모두 상대방에게서 자신이 원하는 모습을 바라기 전에 현실에 존재하는 모습 그 자체를 인정하고 존중해야 된다. 남북에 필요한 것은 단일한 문화를 추구하는 것이 아니라 서로 다양한 문화를 인정하고 그 자체를 즐기며 어우러지는 것이다.

어떤 사람은 전통문화를 되살리는 것을 통해 문화의 동질성을 회복하자고 하지만, 전통문화라는 담론이야말로 현대의 산물일 뿐이다. 예를 들어 남과 북의 전통문화 공연만 보더라도 상당한 차이가 있다. 전통문화를 다르게 해석하기 때문이다. 이질성을 존중한다는 것을 '너는 너대로 나는 나대로'라고 오해해서는 안 된다. 서로 유사한 점에 주목하면서 함께 사는 데 주안점을 둔다면 통일의 길이 보일 것이다. 바로 거기부터 통일 이론이 출발해야 한다.

통일이란 남쪽은 남쪽대로 자신을 극복하고, 북쪽은 북쪽대로 자신을 극복하는 속에서 이룰 수 있다. 한쪽을 무너뜨리지 않는 원칙에서 출발한 인간관계, 사회 전체의 흐름을 만드는 사회가 통일된 사회라고 볼 수 있다. 한반도에서 통일을 만들어가는 과정이 평화이다.

3-15 ╱ 군사지대를 평화지대로

군사분계선이 꿈틀거리고 있다. 1953년 7월 27일 한국전쟁 휴전 이후 만들어진 분단 구조에 평화의 바람이 불어오고 있다. 반세기 넘게 남북을 막아선 낡은 군사지도를 다시 그려볼 수 있을까. 지난 4월 판문점에서 열린 '2018남북정상회담' 이후 한반도가 급변하고 있다. 북핵문제 해결과 동시에 남북한 갈등 구조도 해체하자는 합의가 나왔다. 문재인 대통령은 정상회담 직후 "한반도를 가로지르고 있는 비무장 지대는 실질적인 평화지대가 될 것"이라며 희망을 키웠다. 또한 "서해 북방한계선 일대를 평화수역으로 만들어 우발적인 군사적 충돌을 방지하고 남북 어민들의 안전한 어로 활동을 보장할 것"이라고 덧붙였다.

남북한은 2018년 5월 1일부터 군사분계선 일대에서 확성기 방송과 전단살포를 비롯한 모든 적대행위들을 중지했고 철거 작업도 끝냈다. 6월 14일 열린 남북 장성급 군사회담에서 본격적인 논의도 시작했다. 이날 남북 군사당국은 서해 해상 충돌방지를 위한 2004년 6월 4일 남북 장성급 군사회담 합의를 철저히 이행하며 동·서해지구 군 통신선을 완전 복구하는 문제를 합의했다. 또한 판문점 공동경비구역을 시범적으로 비무장하는 문제와 문 대통령이 현충일에 언급한 DMZ 내 유해 발굴 사업도 논의했다.

쟁점은 NLL 평화수역이다. 지난 1991년 남북기본합의서부터 2007년 10·4 선언까지 관통하는 논쟁이다. 지난 10년 동안 갈등의 골은 더 깊어졌다. 2010년 발생한 천안함 피격·연평도 포격 사건은 큰 상처로 남았다. 2007년 본격적으로 시작했던 논의를 다시 이어갈 수 있을지를 두고 갑론을박이 나온다. 북한이 도발에 대한 진솔한 유감표명과 재발방지를 먼저 꺼내야 한다. 북한이 협상 기조를 바꿔야 가능하다. 그동안 평화수역 논의가 진척되지 못한 이유는 북한이 NLL을 무력화하는 수단으로 활용했기 때문이다. 북한은 NLL보다 남쪽으로 경계선을 내린 해상경비계선을 주장한다. 해상경비계선과 NLL 사이에 공동어로 구역을 설치하자는 입장이다. 반면 한국은 NLL을 중심으로 공동어로 구역을 설치하자고 제안했다. 따라서 북한이 실효적인 NLL을 인정해야 다음 논의로 나갈 수 있다. 만약 북한이 대내적 정치 명분 때문에 NLL을 인정하기 어렵다면 대안이 있다. 형식적으로 서해 군사분계선 재협상을 열고 결과적으로 NLL을 기준으로 평화수역을 확정하는 방안이다.

DMZ 평화지대화 논의도 시작됐다. DMZ는 군사분계선(MDL)에서 남북으로 2km 거리를 두고 남·북 방한계선을 설정한 구역인데 상호 충돌을 막는다. 그러나 현실은 248km 길이 DMZ 안에 남북한 병력이 몰려있다. 한국군은 DMZ 밖에 GOP(일반전초)와 철책을 설치하고 DMZ 안에는 60여 개의 GP(전방초소)를 두고 있다. 북한은 DMZ 안에 한국군 GP에 해당하는 민경초소 160여 개와 철책을 설치했다. 이는 한국군 GOP가 MDL 바로 앞까지 붙어있는 것과 같은 형국이다. 남북한 군대가 가깝게 붙다 보니 우발적으로 충돌했던 사례가 반복됐다. 따라서 실질적인 평화지 대화를 위해 DMZ 안에 설치된 GP를 각각의 한계선 밖으로 빼내자는 논의를 시작했다.

(박용한 교수 글에서)

3-16 / 정전체제를 평화체제로

많은 사람들이 남북한이 서로 불신과 갈등을 해소하지 못하고 평화가 제도화되지 않는 주요인으로 북한의 도발적 언사와 행태, 개혁·개방의 외면, 제재와 봉쇄를 자초하는 핵과 미사일개발의 강화등을 들고 있다. 북한이 이러한 비타협적인 완고한 입장을 견지하고 있는 이면에는 남한이라는 대안 국가에 의해 자신들이 흡수될 수도 있다는 두려움이 있다. 사실 북한은 1980년대 초까지만 해도 국토완정론(한 국가의 영토를 단일한 주권하에 두는 완전한 통일)이 말해 주듯 북한의 주권이 전 한반도에 관통하는 북한 주도의 흡수통일을 상정하고 있었다. 그러나 1980년대에 들어서면서부터 표면적으로는 통일을 민족 최대의 과업으로 내세우고 있지만 실제로는 남한과 동등한 입장에서 최소한의 통일 명분을 확보하면서 현상을 유지하려는 전략으로 선회하는 조짐을 보여 왔다. 북한의 대표적인 통일방안인 연방제안도 패권 내지 혁명전략에서 점차 현상 유지 전략으로 변모하는 양상을 보였다.

이제부터라도 경제력과 사회 역량, 국제환경 등 모든 면에서 북한을 압도하고 있는 남한이 선제적으로 경제협력과 신뢰구축 조치를 시행하면서 강대국들과 적극적으로 한반도 냉전구조를 해체하면서 정전체제를 평화체제로 전환하는 일들을 적극적으로 추진해야 한다.

3-17 / 북한은 변하고 있다.

우리가 말하는 북한 변화에는 다음의 세 차원이 있다. 첫째, 북한이 대남도발을 중지하고 평화로 나오는 것이다. 즉, 우리의 평화공존 정책에 응하는 것이다. 둘째, 북한이 남한 및 서방세계와 함께 번영하자고 나오는 것이다. 즉, 개방의 길로 나오는 것이다. 셋째, 북한의 정치체제가 보다 다원적이고 민주적인 체제로 바뀌어가는 것이다.

이렇게 북한의 변화를 세 가지로 나눈 것은 남북관계에서 남한이 가지고 있는 목표와 변화의 보편적인 기준들을 종합적으로 고려해서다. 즉, 우리에게 가장 중요한 당면목표는 평화이며, 그 다음은 공동번영이다. 현재 남북관계에서 남과 북이 전쟁을 하지 말자고 약속하고, 이를 지켜나갈 틀을 제도화시키는 일만큼 중요한 것은 없다.

남북관계에서 북한의 변화를 극적으로 보여준 것은 북한이 휴전선 북측 지역인 개성과 금강산을 경제 및 관광특구로 남측 기업에 내준 사실이다.

최근 북한의 개방추세는 주목할 만하다. 평양에는 중국계 대형상점이 들어섰으며 외국기업들과의 경제협력도 크게 늘어나고 있다. 특히 제1장에서 살펴본 것처럼 중국정부와 '황금평·위화도 경제지대'와 '나선경제무역지대'를 정부 주도로 공동개발하기로 나서는 등 중국모델을 북한 현실에 맞게 조정한 개방적인 경제정책을 본격적으로 추진하고 있다.

이렇듯 북한의 변화는 다방면에서 일어나고 있다. 역사적 시각으로 볼 때, 남북관계의 수온은 1972년 7.4 남북공동성명을 계기로 얼음장 같은 빙점을 뚫고 서서히 상승하기 시작했으며 2000년 6.15 공동선언 이후 가열속도가 빨라져서 지금은 60~70 ˚C 정도는 되는 것 같다.

3-18 / 해외 평화교육

세계 곳곳의 갈등·분쟁 상황에 있는 지역에서 이루어져 온 평화교육의 사례들을 살펴보자. 비록 역사적 상황과 현실을 각기 다르지만 각 지역들에서 발전되어 온 평화교육은 다음과 같은 공통점을 지니고 있음을 발견할 수 있다.

첫째, 평화교육은 전반적으로 국가보다는 먼저 민간 영역의 지역 평화운동단체 혹은 학부모 모임에 의해 다양하게 시도되다가, 점차 중앙정부 교육부의 프로그램으로 수용되었다. 미국의 갈등해결프로그램은 평화단체 혹은 지역공동체의 프로그램에서 광범위하게 활용되고 교사들에 의해 수용되었던 것을 주정부 혹은 지방정부 차원에서 학교프로그램으로 확대한 것이다. 아일랜드의 상호이해교육, 공동체간의 만남, 통합교육 등은 격리된 가톨릭과 개신교 집단을 연결하는 다양한 그룹들에 의해 시도되고 대학을 통해 연구되면서 교육부에 의해 수용되었다. 이렇게 지역사회와 평화운동 그룹에 의해 갈등의 평화적 해결과 훈련, 교육으로의 확대 노력이 지속될 때 평화교육이 정착될 수 있음을 우리는 확인하게 된다.

둘째, 분쟁과 갈등지역의 평화교육은 학교교육에만 한정되는 것이 아니라 지역사회 주민, 교회, 청년, 학생, 여성, 장년, 노인층 모두가 참여하는 계속교육, 평생교육의 성격을 가지고 있다. 미국의 갈등해결 프로그램이나 남아공의 평화교육은 학교에 재학 중인 학생들 뿐만 아니라 다양한 계층의 사람들이 함께 참여하고 있다. 학생, 청년, 교사, 여성, 어린이, 다양한 직업인 등이 갈등의 평화적이고 창조적인 해결방법을 훈련하고 습득함으로써 평화로운 사회, 평화로운 공동체 건설을 지향하고 있다. 따라서 평화교육은 모든 이들이 참여할 수 있는 평생학습으로 진행되어야 한다.

셋째, 분쟁지역의 평화교육은 단순한 지식전달 차원에서 벗어나 학습자들의 적극적 참여가 전제되는 개방교육의 형태를 띠고 있다. 방식도 강의 중심이 아닌 함께 참여하는 토론 형태의 참여교육이다. 평화교육의 목표는 지식 전달이 아니라 평화롭게 살아갈 수 있는 가치와 태도를 훈련하고 습득하는 것이라 하겠는데, 이는 학습자들이 직접 참여함으로써 자신을 개방하고 감수성을 훈련하는 과정을 통해 이루어진다. 따라서 교육이 이루어지는 과정과 그 결과는 아주 창조적이다. 바로 이런 점에서 평화교육의 교육학적 특징이 전형적으로 드러난다. 그리고 이러한 학습자 중심의 참여교육을 위해서 교사의 역할이 기존의 지식 전달자에서 학습자의 창의력을 일깨워주는 전문인으로 전환되고 있다. 따라서 평화교육을 확대하기 위해서는 교사의 지속적인 훈련이 필요하다.

넷째, 갈등과 분쟁지역의 평화교육의 중심내용은 '다름과의 공존' 즉 이질성의 수용을 통한 공생이다. 여기에서 중요한 것이 바로 정체성 문제인데, 적대감을 줄여나가고 '다름'을 인정하기 위해 '단일정체성'에서 '다중적 정체성'을 지향하고 있다. 북아일랜드의 상호이해교육 역시 같은 문화적 뿌리에 대한 확인과 더불어 오랜 세월동안 다른 문화적 전통을 지키며 살아온 가톨릭-개신교 전통에 대한 상호 이해를 그 내용으로 하고 있고, 이는 자신들의 공동체 안에 포함되어 있는 다양성의 인정, 즉 다양한 정체성을 인식하는 것이다.

이를 위해서는 편견 줄이기, 고정관념의 극복 등을 통한 적대감 줄이기, 억압자와 피억압자의 내면화된 정체성 극복 등을 지향해야 하고, 이는 있는 그대로의 상대방 존재를 인정하는 데에서 출발한다. 남아공의 교육이 지향하는 백인 지배 이후 새로운 시대의 국민이 추구하는 정체성은 과거 인종차별과 분리주의적 백인 우월주의 정체성이 아닌 다양한 인종과 언어, 문화, 전통을 존중하는 가운데 민주주의, 인권, 번영을 지향하는 것이다. 백인 지배 이후의 새로운 시대에 남아공의 교육이 지향하고 국민이 추구하는 정체성은 과거 시대의 인종차별과 분리주의, 백인 우월주의가 아니라, 다양한 인종과 언어·문화·전통에 대한 존중을 기반으로 한 민주주의·인권·번영이다.

다섯째, 해외 평화교육은 갈등 당사자들이 직접적으로 대면하면서 이루어지고 있다. 미국의 교실에서의 갈등해결이나 '또래중재'는 서로 다투고 적대감을 가졌던 급우들 사이에서 갈등의 평화적 해결을 모색한다. 또한 아일랜드의 통합교육에서도 가톨릭 학생들과 개신교 학생들이 만나 함께 역사를 배움으로써 분리되어 살아왔던 자신들의 역사와 전통 속에서 공통의 요소를 발견하고 더불어 현재의 모습을 확인하면서 상호 이해하고자 하게 된다.

남아공에서의 교육 역시 과거 억압자였던 백인이나 피억압 계층이던 유색인이 한 자리에서 어떻게 하면 과거의 어두운 유산을 극복하여 평화로운 미래를 건설할 것인가를 모색한다.

이렇게 해외의 평화교육은 과거 적대적이었던 갈등당사자들이 직접적으로 대면하여 공동의 목표와 목적을 가지고 교육에 참여하는 것을 통해 서로에 대한 적대감과 편견을 줄여나가고 이를 통해 상대방을 인정하고 더불어 살아갈 기반을 형성하고 있다.

이러한 직접적인 대면과 만남에 학습자가 직접 참여함으로써 이루어지는 것이 평화교육의 특징이고 여기에서 기존 사회를 넘어서는 창조적 대안이 만들어지고 있다.

이상 세계 여러나라에서 발생한 갈등해결을 위한 평화교육의 사례가 남북 평화교육의 참고가 되었으면 한다.

우리는 수많은 외침의 역사와 식민지 경험, 오랜 분단 상황을 거치면서 치열한 한민족 의식, 한민족 감정을 키워왔다. 그래서 남이나 북이나 우리에겐 한민족이니까 당연히 하나로 회복해야 한다는 믿음이 크다. 한민족인데 70년이 넘도록 갈라져 사는 우리 민족을 생각하면 누구라도 콧등이 시큰해지는 감정에 휩싸이곤 합니다. 이것이 우리 민족감정이다. 그러나 최근에는 민족 개념에도 많은 변화가 불가피해지고 있다고 생각한다.

세계화를 겪으면서 세계 시민들의 이동이 빈번해지고 인구 구조의 변화에 따라 각 나라에 이주민 유입도 현저하게 증가하게 되었다. 일본도 최근 노동력 부족으로 외국인 노동자 유입을 법적으로 인정하기 시작했고 우리나라만 해도 수많은 이주민이 함께 살고 있다. 따라서 이제는 혈연, 또는 종족에 기초한 민족개념으로 국가공동체를 정의하기 어려운 상황이 되었다. 전통적 민족개념은 타 민족을 배제하는 결과도 가져올 수 있다.

앞으로 만들어갈 우리의 통일공동체는 복고적 혈연공동체보다는 자유, 평등, 복지, 공익, 공정, 정의, 다양성, 개방성, 연대, 협력, 관용, 타협, 등의 보편적 가치가 자리 잡을 수 있는 가치공동체로 발전시켜야 한다. 이런 점에서 우리의 평화통일 교육도 급속한 변화의 흐름을 제대로 파악하는 성찰적 접근이 필요하고, 통일교육이 통일사회를 가치공동체로 만들어 갈 수 있는 성찰적 시민, 이런 변화를 만들어 갈 수 있는 변화의 주체로서의 시민을 육성하는데 중심을 두어야 한다고 생각한다.

4장

남북산림 협력과 남북경협

4-1 / 남북산림협력

　남북간의 산림 분야 협력은 북한이 가장 필요로 하고 있다. 이 사업은 남한의 보수와 진보 등 사회 각계 전반을 아우르는 첫걸음이다. 조계종·감리교·천주교· 원불교 등 종교단체는 물론 대한민국재향군인회·한국자유총연맹·새마을운동중앙회 및 민주평화통일자문회의 등 에서도 축하 메시지를 보냈다.

　남북 산림협력의 첫 삽은 남북 양정상이 떴다. 지난해 4월 27일 첫 정상회담에서 문재인 대통령과 김정은 위원장은 기념식수를 했다. 청와대는 정상회담 이행추진위 산하의 남북 관계발전 분과에 산림협력 연구 태스크포스를 먼저 설치했다. 이후 남북은 산림협력 분야 고위급 및 실무회담을 개최했다. 정부는 15일 이 총리 주재 국무회의에서 산림청 산하에 남북 산림협력단을 신설하는 대통령안을 심의·의결했다.

이낙연 국무총리도 "유엔 대북제재에 해당하지 않는 사업들은 남북 협의와 준비가 되는 대로 시작하겠다"며 "북한 조림사업도 그 중 하나"라고 말했던 사실이 반영돼 성사된 결과라 볼 수 있다.

2007년 10월 개최된 제2차 남북 정상회담의 결과물인 10·4 선언에서 "농업, 보건의료, 환경보호 등 여러 분야에서의 협력사업을 진행해 나가기로" 합의했고, 10·4 선언 이행을 위한 남북경제협력공동위원회 제1차 회의(2007.12.4~12.6.)에선 "남과 북은 양묘장 조성과 이용, 산림 녹화 및 병해충 방제 사업을 2008년부터 진행"하기로 했다. 이어 남북 보건의료·환경보호협력 분과위원회 제1차 회의(2007.12.20~12.21.)가 개성에서 개최돼 "남과 북은 양묘 생산 능력과 조림 능력 강화를 위한 산림녹화 협력사업을 단계적으로 추진하며 당면해 사리원 지역에 양묘장을 조성하기로 하고 이를 위한 공동 조사를 2008년 3월 중에 진행하기로 했으며, 산림 병해충 피해를 막기 위한 조사와 구제를 공동으로 진행하고, 남측이 농약, 설비 등을 제공하기로 한 실무접촉을 2008년 3월 중에 개성에서 진행"하기로 합의했다.

하지만 2008년 2월 이명박 정부가 출범하면서 이전 정부와 다른 '비핵·개방 3000구상'을 핵심 대북정책으로 내세워 남북관계가 급랭하는 바람에 산림 당국 간 사업 추진 합의는 이행되지 못했고, 대북 민간 지원단체에 의해 진행돼온 산림 복구 지원사업도 2010년 5·24 조치가 취해지면서 중단됐다.

2010년 5·24 대북제재 조치로 남북 교류협력이 중단되기 전까지 대북 산림 복구 지원사업은 5년간 조성된 금강산 양묘장을 비롯해 개성, 황해북도, 함경북도 등에 8개 양묘장 시설이 설치됨으로써 묘목 생산 기반을 강화하는 성과를 거뒀다. 남북이 함께 양묘장을 건설하면서 그동안 북한이 자신들의 양묘 방식을 고수하려 했던 행태가 바뀌어 남한의 양묘 기술을 수용하는 변화도 가져왔다. 북한 산림 당국은 남북 교류협력이 중단된 이후에도 남한의 양묘장 시설 지원 성과를 인식해 나무모(묘목) 생산의 과학화, 집약화, 공업화를 내세우면서 영양단지 나무모(포트에 기른 묘목) 생산 방법을 자체적으로 개발해 전국적으로 보급했다. 단기에 성과가 확인될 수 있는 산림 병해충 방제사업은 솔잎혹파리 피해에 무방비 상태였던 금강산 소나무림을 회복시키는 효과를 가져왔다. 이에 북한은 2013년에 평양 인근 동명왕릉 소나무림의 병해충 방제를 국제기구를 통해 우회적으로 요청하는 등 남북 산림 협력에 대한 기대감을 간접적으로 표현하기도 했다. 최근 산림 복구 세미나에서는 여러 의견이 나왔다.

"북한으로서는 홍수와 가뭄 피해를 줄이고 식량 생산을 늘릴 수 있고, 우리는 북한발 미세먼지를 줄이고 온실가스 감축에 도움을 받게 된다."

한반도 녹화사업은 남북 협력뿐 아니라 유엔 기후변화대응사업으로 추진해야 한다.

산림과학원의 인공위성 영상 사진 판독에 의하면 1999년 기준 북한의 황폐해진 산림 면적이 163만 ha에서 2008년에는 284만 ha로 대폭 증가해 전체 산림 면적의 약 32%에 달했다. 그 후 집중 호우로 토양 침식 및 유실이 가중돼 산림 황폐화 정도가 점점 심화되고 있는 것으로 나타났다. 이러한 상태에서 산림 복구가 더 지연되면 자연재해 피해액은 물론 복구 비용도 천문학적으로 증가하고, 북측이 총력을 기울이려는 경제 발전에도 큰 장애물이 될 것이다.

북한 당국도 산림 황폐화 피해의 심각성을 인정하고 수림화(산림 조성)에 대한 정책 의지를 강렬하게 표명하고 있지만, 경제난 극복 없이는 현실적으로 북한 자체 노력만으로 수림화를 달성하는 것은 거의 불가능한 일이다. 더욱이 북한 주민들이 식량과 에너지 부족으로 생계를 위협받고 있는 상태에서 산림에서의 땔감 채취와 뙈기밭(소토지)에서의 식량 조달을 포기하고 능동적으로 나무 심기에 참여한다는 것은 기대하기 어렵다.

그래서 한반도 국토 동질성 회복을 위해 북한 산림 황폐화의 심화를 남의 일처럼 관망하지 말고 황폐산림 복구와 산림 보호를 위한 본격적인 남북 산림협력 재개를 서둘러야 한다. 북한 민둥산에 대한 산림 조성 사업은 앞으로 수십 년 이상 계속돼야 하고, 조림 이후 나무들이 잘 자랄 수 있도록 수십 년간 관리하는 것이 필요하기 때문이다. 북한 주민들이 산림녹화 사업에 적극적이고 능동적으로 참여할 수 있는 여건을 만들어가고, 비정치적인 산림협력 사업이 남북관계에 영향을 받지 않고 작동될 수 있도록 하는 것이 중요하다.

산림협력의 관건은 대북제재다. 북한의 핵·미사일 도발에 대응해 유엔 안전보장이사회가 채택한 대북제재 결의는 각종 장비와 자재의 북한 반입을 금지하고 있는데 산림과 관련한 장비도 포함하고 있다. 그를 위해선 장비와 자재가 군사용으로 전용되는 것을 막기 위한 모니터링이 반드시 필요하다.

국제사회와의 협력 필요성도 대두됐다. "우리가 주도해 만든 아시아 산림협력기구에 북한이 동참해 줄 것을 제안했다"

2021년에 우리가 주최하는 제 15차 세계산림총회에도 북한이 참여하길 바란다.

송도에 둥지를 튼 녹색기후기금(Green Climate Fund·GCF)과의 협력을 강조했다. 연간 약 1000억 달러(약 111조원)의 기금을 조성해 각국의 기후변화 문제를 해결할 계획을 갖고 있다. "북한 산림 복원은 기후변화와 직결된 이슈"라고 말했다. 세계은행·아시아개발은행 등과의 협력도 제안했다.

4-2 남북경협을 통한 경제통일

1) 경협은 조사 · 연구 준비에 초점

대통령 직속 북방경제협력위원회(북방위)는 조만간 북한, 중국, 일본, 러시아 등 한반도 주변국 전체를 아우르는 경제협력 방안인 '신(新)북방정책' 로드맵을 발표할 계획이다. 여기에는 서울~신의주~중국으로 이어지는 철도 연결 및 가스·전력망 등 3대 인프라 사업과 함께 조선, 농업, 수산업 분야 경협 방안이 담긴다. 또 나진항을 부산에서 출발하는 북극항로의 거점에 포함시키고, 부산에서 금강산을 거쳐 러시아 블라디보스토크, 일본 후쿠오카를 오가는 크루즈 관광 등 신사업도 들어 있다. 인천~남포 간 컨테이너선 항로 연결과 부산~나진 뱃길 복원사업도 추진된다.

경제협력을 통해 평화 정착에 기여하고, 이렇게 형성된 평화가 다시 협력을 촉진하며 선순환하는 '평화경제' 실현에 주력하겠다는 구상이다. 특히 남북 간 교통망의 연결은 경제협력뿐만 아니라 남북 교류와 인적 왕래의 기초라는 점에서, 국내외의 여건이 조성될 경우 우선적으로 동해선 및 경의선 철도와 도로를 연결하는 사업이 추진될 전망이다.

그러나 남북 경협사업은 대북제재 위반 논란이 발생하지 않도록 미국 등 국제사회와 긴밀한 협의가 필요한 사안이다. 올해는 큰 틀의 합의를 이끌어내고, 향후 실행을 위한 조사와 연구 등 세부적인 준비에 초점이 맞춰질 것으로 예상된다. 다만 북. 중 간에 논의되고 있는 경제협력 사안 중에는 우리 정부가 추진하고자 하는 사업과 중첩되는 것이 많아 이것을 어떻게 조율,선점할 수 있을지 다각적인 대책이 필요하다.

"큰 틀에서 보면 정부는 비핵화와 평화 프로세스, 남북관계 제도화 프로세스의 선순환 구조를 올해 안에 정착시키는 데 중점을 두고, 남북 경협 등 남북 공동 번영을 위한 사안들은 가을로 예정돼 있는 남북 정상 회담에서 집중적으로 논의하겠다는 구상이다.

2) 남북 경협이 사실상의 통일

남북관계는 이제 '사실상의 통일'의 관계로 들어갈 것이 분명하다. 앞으로 추진하게 될 모든 경제협력 사업은 남북이 '사실상의 통일'로 가는 데 이바지할 것으로 예상된다.

'사실상의 통일(de facto unification)'은 남북한이 경계를 초월해 서로 넘나드는 상태를 말한다. 남북한 사이에 자본, 기술, 노동력이 왕래하고 누구든지 자유 방문과 관광이 가능하게 하는 것이다. '사실상의 통일정책'은 궁극적으로 정치. 제도적인 통일을 요식 행위에 불과하게 만드는 힘을 가질 것이다. 북한을 서로 다른 체제의 주권국가로 인정하고, 그들 스스로 체제를 변화시켜나가는 것을 수용하는 것이다.

남북관계 정상화와 함께 경제협력과 관련해 풀어야 할 문제는 무엇이며, 어떻게 풀어야 할까? 기존에 드리워져 있는 문제의 해결도 중요하지만, 앞으로 만들어가야 할 방향도 중요하다. 지금까지 남북 간 교류협력은 우리가 북한을 끌고 가는 형태였다. 방문도 우리가 하고, 투자도 우리가 하는 방법으로 진행됐다. 이제는 북한 사업자가 우리 쪽으로 와서 사업과 투자를 해야 한다. 북한에는 현재 자본가라고 할 수 있는 일명 '돈주'들이 생겨나 중국과 거대 교역을 하는 사업체를 운영하고 있다. 그들이 대규모 임대사업을 하고 있고, 정기 노선버스를 운행하고 있다. 앞으로는 남북한이 상호 방문하고 투자하는 협력이 이뤄질 수 있도록 해야 할 것이다.

이를 실제 가능하게 하기 위해서는 교류협력을 관장하는 법.제도의 개정이 필요하다. 북한도 마찬가지다. 남한의 기업과 단체 등과 독자적인 교류협력과 투자를 하려면 북한 법제가 그에 걸맞게 개정돼야 한다. 남한의 남북 교류협력에 관한 법률에 해당하는 '북남 경제협력법'을 좀 더 현실에 부응할 수 있도록 구체화하고 관련 시행규칙들을 만들어야 할 것이다. '라선경제무역지대법'이나 '황금평. 위화도경제지대법'에는 외국인과 해외동포만 투자가 가능하도록 되어 있다. 김정은 정권 들어 제정된 '경제개발구법'의 경우도 마찬가지다. 남한 주민도 투자 주체로서 중국 및 러시아와 같은 자격과 위상을 갖출 수 있도록 해야 할 것이다.

이와 함께 국제사회의 제재가 상당한 수준으로 완화되거나 해제될 경우, 국내적으로 반드시 풀어야 할 문제가 있다. 남한 정부는 그냥 없는 듯이 지나가서는 안 될 문제다. 전격적으로 중단된 개성공단 사업과 금강산 관광을 비롯해 일반 교역의 제개 문제가 그것이다. 여기에는 5.24 조치 해제가 관건이다. 남북 정상회담에서 언급된 북한 지역의 나무 심기와 서해상의 공동어로 사업은 인도 지원 사업과 안전을 담보하는 차원에서 남북한 사이의 합의를 통해 추진할 수 있으나, 경제협력 사업들에 대해서는 국제사회와 미국의 제재 완화 내지 해제와 함께 우리 정부가 단행한 '5.24 조치'의 해제가 선행돼야 한다.

4) 남북 하나의 경제공동체

"평화가 경제다."

문재인 대통령이 8월 15일 광복절 경축사에서 강조한 대목이다. 평화를 통한 경제 번영을 이루자는 것이다. 먼저 분단의 폐해를 다음과 같이 들었다. 전쟁의 공포가 일상화했다. 많은 젊은이들이 목숨을 잃었다. 막대한 경제적 비용이 들었고 역량이 소모됐다. 경기도와 강원도의 개발이 제한됐다. 서해 5도 주민들이 자유롭게 조업할 수 없었다. 대한민국은 대륙과 단절된 섬이 됐다. 자유로운 사고를 할 수 없었다. 군부 독재와 이념 갈등 그리고 지역주의와 부정부패를 불러왔다.

분단의 폐해는 이처럼 다양하고 심각하다. 분단 때문에 전쟁 가능성이 상존하는 가운데 특히 서해에서는 남북의 젊은이들이 번갈아 죽었다. 우리가 '한반도'라는 말을 즐겨 쓰지만 남한은 육지와 연결된 '반도'가 아니라 휴전선에 가로막힌 '완도(완전한 섬)'다. 개인의 자유를 중시하는 '자유민주주의'를 지향하고 추구해왔지만 가장 기본적인 자유인 사상의 자유조차 제한되고 정치발전을 이루기 어려웠다. 진보와 보수가 공존해야 사회의 균형적 발전을 꾀할 수 있지만 진보는 '친북 좌빨'이 되고 보수는 '수구 꼴통'이 되는 이념 갈등과 색깔론이 기승을 부렸다.

그러기에 문 대통령은 "우리의 생존과 번영을 위해 반드시 분단을 극복해야 한다"고 강조했다. 이게 바로 우리가 통일을 이뤄야 할 절실한 이유다. 기성세대는 흔히 통일의 이유나 목적을 크게 두 가지로 꼽아왔다. 첫째는 남북이 한 민족이니 통일해야 한다고 했다. 둘째는 남북이 합치면 경제대국이 될 수 있다는 것이었다. 둘 다 바람직하지만 절실한 이유가 되기는 어렵다. 나라 밖으로는 국경이 낮아지는 세계화가, 안으로는 중앙에 집중된 권력이 분산되는 지방화가 이뤄지는 21세기에 같은 핏줄이라고 남북의 7500만 인구가 꼭 한 울타리 안에서 한 체제를 이루고 사는 게 그렇게 긴요한가. 우리가 분단된 상태에서도 세계 약 200개 국가 가운데 11~12위의 경제력을 자랑하고 있는데 통일을 이뤄 몇 단계 위로 성장하는 게 그토록 시급한가. 분단의 폐해가 너무 많고 크기에 통일을 이루어야 하는 것이다.

문대통령은 '통일'이라는 말을 자제하며 '평화'를 강조했다. '통일을 이루어야' 한다는 말 대신 '분단을 극복해야' 한다면서, "정치적 통일은 멀었더라도, 남북 간에 평화를 정착시키고 자유롭게 오가며, 하나의 경제공동체를 이루는 것"을 목표로 삼았다.

5장

5-1 자주국방으로 효과적 대북 억제

전시작전권 전환이란 한미 연합사령부가 행사하는 한국군에 대한 전시작전통제권을 한국군 스스로 행사하도록 변경하는 것을 말한다. 전시작전권 전환 대신에 전시작전권 환수라는 용어를 쓰기도 하는데 전환과 환수라는 다른 용어를 사용하기도 한다.

한국군에 대한 작전통제권은 원래 한국군 최고통수권자인 한국 대통령이 가지고 있었다. 하지만 6.25전쟁 발발 직후인 1950년 7월 14일에 이승만 대통령에 의해 유엔군사령관에게 위임됐다. 당시 유엔 안보리 결의에 따라 유엔군의 작전지휘권이 미국에 위임돼 있었기 때문에 한국군에 대한 작전 통제는 결과적으로 미 대통령, 미 합참의장, 미 태평양사령관, 유엔군사령관, 한국군의 계통을 거쳐 행사됐다.

작전통제권 체제는 1994년에 다시금 변화한다. 평시 작전통제권이 한미 연합사령부에서 한국군으로 이양됐기 때문이다. 그럼에도 불구하고 전시작전통제권은 여전히 한미 연합사령부에 속해 있다. 참여정부 당시 양국은 전시작전권도 한국군으로 전환하도록 합의했으며 그 전환 시기를 2012년으로 정한 바 있다. 하지만 이러한 합의는 아직까지도 실현되지 않고 있다. 북핵 위협 증대와 한국군 준비 부족을 이유로 전시작전권 전환 시기가 두 번이나 연기됐기 때문이다.

첫 번째로 연기된 것은 이명박 정부 시절인데 당시 전시작전권 전환 시기는 2015년으로 연기되었다. 두 번째 연기는 박근혜 정부 시절에 이뤄졌는데 이번에는 전시작전권 전환 시기를 못 박는 대신에 전환 조건을 명시했다. 즉, 양국은 세 가지 조건이 충족되면 전시작전권을 전환하겠다고 합의한 것이다. 이러한 이유로 이 합의를 '조건에 기초한 전시작전권 전환'이라고 부른다.

1) 전시작전권 전환을 위한 세 가지 조건

그러면 전시작전권 전환을 위한 세 가지 조건은 무엇일까? 첫째는 전시작전권 전환 이후 한국군이 연합방위를 주도할 수 있는 핵심 군사능력을 확보하는 것이다. 둘째는 한국군이 북한 핵·미사일 위협에 대응할 수 있는 초기 필수 대응 능력을 구비하고 동시에 미국은 한국에 대해서 확장억제 수단 및 전략자산을 제공하는 것이다. 셋째는 안정적인 전시작전권 전환에 부합되는 한반도 및 지역 안보환경 관리가 전제돼야 한다는 것이다.

문재인 정부는 임기 내 달성을 목표로 전시작전권의 조기 전환을 추진하고 있다.

이상에서 전시작전권 조기 전환을 위해서는 여러가지 문제가 고려돼야 한다는 점을 살펴보았다. 그럼에도 가장 중요한 것은 전시작전권 조기 전환에 대한 국민적 공감대 형성일 것이다. 전시작전권 문제는 자주국방이라는 명분의 문제이나 기본적으로는 효과적 대북 억제와 전쟁 수행을 위한 군사적 효율성 확보 문제이기도 하다.

5-2 / 대북제재 내용

대북제재는 각국의 국내법에 따른 '독자 제재'와 유엔 안보리 결의에 따른 '국제 제재'로 나뉜다. 먼저 유엔 안보리 결의에 의한 국제 제재에 대해 살펴보자. 유엔 안보리 결의는 유엔 헌장 7장 (평화에 대한 위협, 평화의 파괴 및 침략행위에 관한 조치) 제 41조(비군사적 조치)에 따른 결의다. 유엔 헌장 제25조는 "회원국은 안전보장이사회의 결정을 이 헌장에 따라 수락하고 이행할 것을 동의한다"고 규정하고 있다. 따라서 우리나라를 비롯한 유엔 회원국은 안보리 결의를 준수할 의무를 갖는다.

1) 대북 교류 모두 금지되는 것은 아님

유엔 안보리는 북한의 1차 핵실험에 대한 대응으로서 결의 제1718호(2006.10.)에 따라 대북제재를 부과했다. 이후 북한의 핵실험과 탄도미사일 발사가 잇따르자 이에 대한 대응으로 결의 제2397호(2017.12.) 등 지금까지 총 9차례의 대북제재를 결의했다. 이 안보리 결의들은 제1718호 제8조에 규정된 사항 즉, 무기·핵 및 미사일 부품·사치품 수출입 금지, 관련 기술 훈련·용역 등의 대북 제공 금지, 핵 등 대량살상무기(WMD) 관련자에 대한 자산과 펀드 동결, 핵 등 WMD관련자에 대한 여행금지, 북한 화물 검색 공조 등을 기본으로 하고, 추가 제재를 부과하고 있다.

현재 유엔 안보리 결의에 따른 대북제재 내용은 다음과 같다. 무기 및 관련 물질 대북 수출입 금지, 비확산·확산 네트워크 폐쇄, 선박 등 운송수단에 대한 제재, 운송수단 연료 주입 금지, 자산 동결, 여행 금지, 금융제재, 훈련교육 금지, 과학기술 협력 금지, 석탄 및 광물 수출 금지, 연료와 천연가스 수출 금지, 정유제품 공급 금지, 원유 공급 제한, 수산물 수출 금지, 북한산 섬유제품 수출 금지, 해외 북한 노동자 고용 금지, 항공유등 공급 금지, 북한산 동상 구입 금지, 헬리콥터와 선박 판매 금지, 사치품 공급 금지 등으로 그 범위가 상당히 넓다.

2016년 이전에는 주로 무기·핵 및 미사일 부품과 사치품 관련자에 대한 제재에 초점을 맞췄다면, 북한의 4차 핵 실험에 대한 대응으로 결의한 2270호(2016.3.) 이후부터는 북한 석탄의 수출 금지와 해외 북한 노동자 고용 금지 등 핵·미사일과 직접적인 연관성이 적더라도 북한 경제에 타격을 줄 것으로 예상되는 분야까지 범위가 확대됐다. 2016년 이후 강화된 국제제재로 현재 거의 모든 대북 경협사업이 불가능한 상황이다. 대표적인 남북 경협인 개성공단 사업은 유엔 안보리 결의에 의해 금지가 명시된 것은 아니지만, 제2321호 제31조에 따른 금융 영업 금지 등으로 사업 제개가 쉽지 않다.

물론 북한과의 모든 교류가 금지된 것은 아니다. 북한 관광은 유엔 안보리 결의에 의한 금지 사항이 아니다. 또 금지되지 않는 일부 물품의 경우 수출입이 가능하다. 북한 나진과 러시아 하산을 연결하는 철도(54km) 사업과 나진항 3호 부두를 통해 러시아산 석탄을 해외로 수출하는 나진·하산 프로젝트도 유엔 안보리로부터 제재를 받지 않는다. 즉, 결의 제2371호 제8조는 북한으로부터의 석탄 수출을 금지하는 한편, 외국 원산지인 석탄이 나진(나선)항을 통해 수출되는 것을 허용한다. 결의 제2375호 제18조는 북한 내 합작사업 또는 협력체를 금지하면서도 북·중 간 수력발전 인프라 사업과 북·러 간 나진·하산 항만 및 철도사업과 제재위원회가 개별적으로 승인하는 비상업적이고 비영리적 공공 인프라 사업은 허용한다. 결의 제2397호 제16조는 금지품목인 화물을 적재한 선박 해상 차단과 검색 강화를 규정하면서도 나진·하산 항만 및 철도 사업을 통한 러시아산 석탄 환격은 에외로 두고 있다.

이처럼 유엔 안보리 결의에 의해 금지되지 않는 경제 협력일지라도 결의 제2397호 제6조 및 제7조에 따른 산업 기계 등 북한 공급 금지 등과 뒤에 언급하게 될 미국의 독자 제재에 따라 관련자 간 금융 거래가 불가능하기 때문에 사업을 곧바로 재개하기가 쉽지 않다.

한편 경제 협력 사업과 관련해 문제가 되고 있는 대량 현금(Bulk Cash) 공여 관련 조항은 결의 제2087호 제12조의 "북한으로 흘러들어

가는 대량 현금이 유엔 대북제재 회피를 위한 수단으로 사용되는 것을 규탄한다"는 조항에서 처음 나왔다. 유엔 안보리는 제2094호 제11조 및 제14조에서 북한의 핵무기 또는 탄도미사일 프로그램 등과 같은 유엔 대북제재 대상이 되는 활동에 기여할 수 있는 대량 현금 공여 및 금융 서비스 제공 금지 의무는 회원국에 있다고 결정했다. 이어 제2371호 제13조가 위 제2094호에서 금지하는 내용을 다시 한번 명확히 금지하고 있다(대량 현금의 이전 및 관련 금융 서비스 제공 금지). 즉, 대량 현금 문제는 현금 공여 그 자체가 문제라기보다 유엔 안보리 대북제재를 회피하거나 우회하는 것을 막기 위한 것이다. 따라서 대량의 현금 공여는 유엔 대북제재 대상에 해당할 때만 문제가 되기 때문에 제재 대상이 아닌 거래일 경우 대량 현금 공여가 문제되지 않는다.

2) 제재 완화 없어도 남북이 할 수 있는 일

'한반도의 봄'을 알린 4·27 판문점 남북 정상회담이 불과 1년 전이다. 분단의 경계선을 걸어서 넘어온 김정은 국무위원장을 문 대통령의 손을 잡고 한반도의 평화와 비핵화를 다짐했다.

도보다리의 명장면도 연출했다. 그랬던 그가 문 대통령의 '오지랖'을 나무라고 있으니 격세지감(隔世之感)이 따로 없다. 열흘 전 최고인민회의 시정연설에서 그는 문 대통령을 향해 "'중재자', '촉진자' 행세를 할 것이 아니라 민족의 일원으로서 제정신을 갖고 제가 할 소리는 당당히 하면서 민족의 이익을 옹호하는 당사자가 돼야 한다"고 일갈했다. '김정은의 수석대변인' 소리까지 들어가며 북한과 미국 사이에서 노심초사해 온 문 대통령에게는 적어도 해서는 안 될 말이었다.

점잖게라도 한마디 할 줄 알았지만, 문 대통령은 못 들은 척 넘어갔다. 오히려 한반도 비핵화와 평화 정착에 대한 김 위원장의 확고한 의지를 평가하고, "북한의 형편이 되는대로 장소와 형식에 구애받지 말고 만나자"고 제안했다.

미국과 북한 사이에서 샌드위치가 된 문 대통령의 처지를 백번 이해한다 하더라도 국민이 느낀 모멸감을 생각한다면 결코 그냥 넘어갈 수 없는 일이었다.

지난 2년간 문재인 정부는 남북관계 개선을 통한 한반도 평화 정착과 북핵 문제해결을 동시에 추구해 왔다. 북핵 문제의 해결 없이 남북관계의 진전은 한계를 가질 수밖에 없고, 한반도의 항구적 평화도 기대하기 어렵다.

문재인 정부가 적극적인 중재자 역할을 통해 북·미 대화의 진전을 위해 노력하면서 대북 제재 완화를 통한 남북 경협의 재개와 관계 개선에 애써온 이유일 것이다.

하지만 북핵 문제는 미국의 빅딜론과 북한의 단계적 해법론이 첨예하게 대립하면서 교착 국면에 빠져 있다. 그에 따라 대북제재와 남북 경협 문제도 안 풀리고 있다. 그렇다고 평양과 워싱턴만 바라본 채 손 놓고 있어서는 안 된다.

미국과 공조해 북핵 문제는 북핵 문제대로 풀어가면서 북핵 문제와 무관하게 남북이 할 수 있는 일은 해야 한다. 대북 제재의 완화나 해제 없이도 남과 북이 할 수 있는 일은 많이 있다.

동서독은 40년 분단 기간에도 꾸준히 서신과 소포를 교환하고, 상호 방문을 통해 주민 간 접촉을 유지해 왔다.

동서독을 잇는 가교 역할을 한 것은 375만~475만 명에 달하는 동독 이탈 주민이었다. 1968~88년 17억 8500만 통의 편지가 서독에서 동독으로 발송됐고, 22억 5000만통이 동독에서 서독으로 전달됐다. 같은 기간 6억 3100만 개의 소포가 서독에서 동독으로 건너갔고, 2억1900만 개의 동독발(發) 소포가 서독에 배달됐다.

서독인은 횟수와 관계없이 연간 30일 범위에서 동독의 가족과 친척, 친구를 방문할 수 있었다. 동독인도 서독에 거주하는 가족과 친척의 결혼, 문병, 조문 등과 같은 가정사에 한해 횟수와 무관하게 연간 30일범위 안에서 방문이 가능했다.

남북이 합의하면 우리도 할 수 있는 일이다. 인도적 차원의 문제이기 때문에 북핵 문제나 대북 제재와 무관하다. 개성에 남북 연락사무소가 생겼지만 이런 문제를 논의했다는 얘기를 들어보지 못했다.

이산가족 상봉 신청자 13만3200명 중 아직 생존해 있는 분이 5만 5000명이다. 남한 내 탈북자도 3만 명이 넘는다. 이들에게 편지와 소포 교류, 상호방문을 허용해 남과 북을 잇는 가교 역할을 할 수 있게 해야 한다.

우리 민족의 생존을 위해 북핵 문제는 반드시 풀어야 할 문제다. 하지만 시간이 걸릴 수밖에 없고, 남북의 힘만으로 해결할 수 없는 문제다. 북핵 문제 해결 노력은 노력대로 하면서 남북 주민 간 접촉을 늘리는 노력을 병행해야 한다. 그것이 남북 합의한 판문점 공동선언과 평양 공동선언의 정신에 부합하는 길이다.

3) 대북제제의 예외와 면제

엄격한 미국의 대북제제에도 일정한 예외와 면제가 있다. 음식, 건강, 주거, 음용수 등 인도주의 지원에 대해서는 대북제재 조치가 면제된다(대북제재강화법 제9211조). 미국의 정보 활동, 유엔 의장국으로서의 미국의 의무 등 조약 관련 활동, 실종 미군 발굴 활동은 제재에서 예외다. 대통령의 결정에 따라 국제 인도주의 닽체의 금융 거래, 물품 공급, 접촉 활동은 제재에서 면제되고, 미국 안보와 법 집행을 위해 제재 면제가 가능하다(대북제재강화법 제9228조). 유엔 안보리 결의 준수 등의 조건이 충족되면 대통령은 제재를 유예할 수 있고, 핵무기 폐기 등의 조건이 충족되면 대통령은 제재를 해제할 수 있다(대북제재강화법 제9251조 및 제9252조). 국제경제비상수권법에도 제재를 가하는 경우에도 우편 등에 대한 제한은 할 수 없도록 규정하고 있다(50 U.S. Code $1702(b)). 이는 아래 대북제재 규정의 제재 예외 규정에 반영돼 있다.

대북제재 규정에는 우편과 통신, 정보의 수출입, 개인용 용품 및 용역의 구입 등 여행과 관련해 통상적으로 일어나는 거래, 연방정부와 유엔의 공식 가업 수행을 위한 거래는 제재 예외라고 규정하고 있다(대북제재 규정 제501.213조). 또한 대북제재 규정 제510.501조부터 제510.518조에는 대북제재에 대한 일반 및 특별 면제에 대해 규정하고 있다. 이에 따르면 긴급 의료구조, 유엔 주재 북한인의 일상적인 활동, 개인 송금과 휴대(1년에 5000달러까지 가능). 비정부기구(NGO) 활동(음식 등 인도주의 지원, 민주주의 지원, 전염병 예방, 영유아 건강 증진과 지속 사능한 농업 및 깨끗한 물 등 비영리적 개발, 멸종위기생물 보호와 환경오염 회복등 환경 보호 활동, (단 미국 수출관리규정(EAR) 품목이 아니어야 함). 미 연방 정부의 공식 활동, 유엔 활동(EAR 품목 예외), 제3국의 외교 활동을 위한 자금 이체, 통신장비 거래가 아닌 통신을 위한 거래, 지적 재산권 관련 거래와 지급 및 영수 허용(출원, 보호의 수령, 갱신, 침해 소송 등 거래). 비교통 정박이나 긴급 정박의 경우는 제재가 일반 면제된다. 제재의 일반 면제는 제재 면제 신청 없이도 제재가 면제된다. 만일 추후 북한 핵 문제가 진전된다면 그에 따라 특정한 남북 경협사업에 대한 미국의 제재 면제 추진을 검토할 수 있을 전망이다.

4) UN제재와 완화

"일괄 타결, 단계적 이행" 불가피

북 미 정상회담을 앞두고 트럼프 행정부는 북한의 즉각적, 전면적 핵 포기를 요구하고 있다. 소위 '리비아식' 해법을 주장하지만 그대로 적용될 가능성은 낮다. 김정은 위원장이 비핵화 결정을 내렸다고 하나, 북한이 즉각적으로 모든 핵무기와 핵물질, 핵 시설을 포기할 것으로 보는 전문가들은 거의 없다. 김정은 위원장까지 나서서 '단계적 동시적 이행'을 주장하고 있다. 우리 정부도 현실적으로 '일괄 타결, 단계적 이행'이 불가피하다는 판단이다. 다만 우리 정부는 단계적 이행이 최대한 빠른 속도로, 압축적으로 진행돼야 한다는 입장이다.

최근 북한의 대외정책이 급선회한 배경에 대해 제재와 압박 때문이라는 평가가 있다. 따라서 일부에서는 더욱 강한 제재와 압박으로 북한의 '결정적 양보'를 확보하자는 목소리도 높다. 그런데 북한이 새로운 동향이 자신의 국가 안보와 체제 안보에 오히려 위협이 된다고 판단하게 되면, '평창 이전'으로 복귀할 가능성이 있다는 점을 주의해야 한다.

마지막으로 북한 비핵화를 촉진하는 환경을 조성하기 위해 조속히 한반도 평화 공존 체제를 구축할 것을 제안한다. 평화 공존 체제는 잠정적으로 한반도 정전과 분단체제를 안정화해 북한이 느끼는 안보 위협과 체제 위협을 완화할 것이다. 이를 위한 구체적인 방안으로서 첫째, 남북 간 상호 인정과 평화 공존을 위한 '남북 기본협정'을 체결한다. 이는 1991년 남북 기본합의서와 불가침 합의를 법제화하는 것이다. 둘째, 북·미 정상회담에서 불가침 선언을 채택하고, 수교 협상 개시를 선언한다. 셋째, 남·북·미·중 4국 정상이 참여하는 '평화포럼'을 조기에 개최해 '한반도 비핵 평화선언'을 채택토록 한다.

5-3 오늘의 북미관계

이종석(61) 전 통일부 장관(현 세종연구소 수석연구위원)은 북한에 대한 '내재적 접근'을 강조했다. 소장 학자 시절부터 그의 트레이드 마크가 된 '역지사지(易地思之) 북한론'이다. 북한이 뭘 쏘기만 하면 무조건 도발로 규정하고, 규탄부터 할 게 아니라 북한 입장에서 면밀히 따져본 뒤 성격을 규정하고, 대응 수위를 정해야 한다는 것이다. 이런 상식적 자세가 뒷받침되지 않으면 북한 문제는 해결이 안 된다는 게 그의 지론이다.

북한이 안 하겠다고 약속한 건 핵실험과 대륙간탄도미사일(ICBM) 시험발사다. 일부에선 북한이 쏜 게 탄도미사일이라고 하지만, 우리도 탄도미사일 시험을 하고, 발사 훈련도 한다. 언제까지 북한이 뭘 쏠 때마다 중계방송하듯 할 건가. 어디까지는 되고, 어디부터는 안 되는지 우리 나름의 기준과 대응 메뉴얼을 정할 필요가 있다.

북한은 말로는 '우리 민족끼리'를 내세우며 남북공조를 강조한다. 그러나 하노이 정상회담 실패 이후 남북관계가 냉각된 데서 알 수 있듯이 남북관계를 북·미 대화에 연계시키고 있는 건 북한이다. 그러면 북한이 핵을 포기할 수 있을까?

"조건이 충족되면 할 수 있다고 본다. 김정은은 자신의 할아버지나 아버지와 다르다. 고도 성장하는 '경제 부국(富國)' 북한을 꿈꾸고 있다. 김정은이 추구하는 북한의 새로운 모델을 실현하는 데 도움이 된다면 핵을 포기할 용의가 있다고 생각한다."

지금 김정은에게 가장 절실한 것은 제재 해제다. 하노이에서 김정은은 제재 해제에 목을 매는 모습을 보였다. 북한의 약점을 간파한 트럼프가 목을 더 조여오니까 제재 해제 얘기를 할수록 불리해진다고 본 김정은이 체재안전 카드를 내비친 것이다. 이 문제가 테이블에 오르는 순간 협상은 매우 어렵고 까다로워질 수밖에 없다. 북한이 체제안전 쪽으로 골포스트를 옮기기 전에 제재 해제 카드를 갖고 비핵화의 큰 줄기를 풀어야 한다.

북한은 이미 영변 핵시설 전체를 다 포기할 수 있다고 했다. 거기에 더 얹어서 영변을 포함한 북한 전역의 핵과 ICBM 관련 시설을 전부 폐기한다는 정도면 통할 수 있지 않을까. 이 정도면 트럼프도 김정은이 하노이에서 요구했던 수준에 버금가는 제재 해제를 선물로 줄 수 있을 것이다. 그것으로 1단계 협상을 마무리하고, 북한이 가진 모든 핵무기와

ICBM을 반출하고 폐기하는 것은 2단계 협상으로 넘기는 것이다. 1단계의 과감한 딜을 통해 신뢰 기반이 구축되면 2단계를 진행하기도 훨씬 수월해질 것이다.

6장

통일 비용과 주적

6-1 / 통일비용

　동독 붕괴로 갑자기 통일을 맞이한 옛 서독이 통일 후 10년간 치른 통일비용이 6000억~1조 달러에 이른다는 애기가 우리의 걱정을 더 키웠다. 우리사회에서 통일비용 문제는 1994년 7월 김일성 주석의 사망을 계기로 부각되기 시작했다. 김일성이 사망하자 대부분의 전문가들은 북한이 곧 망할 거라며 흡수통일론을 주장했다. 이때부터 남한이 북한을 흡수하여 통일하는 데 드는 비용을 계산하기 시작했다. 김일성 사망 19년이 지난 지금도 북한이 곧 붕괴할 거라며, 흡수통일을 준비하기 위한 재원을 마련하기 위해 통일세를 신설해야 한다고 주장하는 이들이 있다.

물론 북한이 망한다고 흡수통일을 실현할 수 있는 것은 아니다. 어떤 형태로 통일을 맞이하는 통일로 가는 길에 비용이 꽤 드는 것은 사실이다.

치르는 정치, 사회, 문화적 대가들도 포함한다.

과연 통일비용이 얼마나 될지에 대해서는 전문가마다 중구난방에 가까울 정도로 편차가 크다. 통일비용은 통일방식과 통합 과정의 양상, 남북간 소득 격차의 조정 목표, 비용지출 기간에 따라 크게 달라질 수밖에 없다. 여기에 통일비용이 포함해야 할 요소들에 대한 명확한 합의도 없고, 북한체제에 대한 기본 자료도 부족하다. 하다못해 현재의 북한 국민소득조차 제대로 계산해내지 못하는 실정이다. 그러다 보니 전문가들마다 예상하는 통일비용의 편차가 너무 크며, 어느 것을 믿어야 하는지 도무지 감이 오지 않을 정도다. 2011년에 통일부가 국회에 제출한 몇몇 연구기관의 통일비용 추정치를 정리한 〈표3〉은 이를 적나라하게 보여준다

연구기관	통일 시기	통일비용 추산액	추계방법 및 기준
삼성경제연구소 (2005)	2015	545.6조원	남한의 최저생계비 수준을 2015년 이후 11년간 지원할 경우 총 446.8조 원 수요 북한경제의 산업화를 위해 2015년 이후 10년간 북한 GDP의 10%를 지원할 경우 총 98.8조 원 소요
미국 스탠퍼드대 아시아. 태평양센터 피터 백 연구원 (2010)		2조 달러 ~ 5조 달러 (약 5800조 원)	북한의 소득을 한국의 80% 수준으로 끌어올 리기 위해 30년간 필요 비용

랜드연구소
찰스월프
수석연구원
(2010, 포브스)
	620억 달러
	~ 1조 7000억
	달러(약 1970
	조 원)
		* 다음과 같이 가정
		  남한 1인당 GDP 2만 달러, 북한 1인당 GDP
		  700달러
		  남한인구 4800만 명, 북한인구 2400만 명
		* 북한을 남한 수준으로 올릴 경우
		  1조 7000 억 달러
		* 북한 GDP 수준 향후 5~6년 내 2배 증가시
		  620억 달러

이처럼 각 기관이 내는 통일비용이 620억 달러에서 5조 달러에 이르기까지 너무 편차가 크기 때문에 특정한 연구결과에 신뢰를 두고 인용하기가 어렵다. 그러나 더 큰 문제는 오늘날 전문가들이 제시하는 통일비용은 기본적으로 남한에 이한 북한의 흡수통일이라는 전제 아래 산출된 것이라는 점이다.

그러나 이러한 분석들은 남북이 화하햅력과 공동번영을 추구하여 남북연합을 실현하고, 나아가 장기적으로 단일한 통일국가를 건설해간다는 노태우정부 이래 노무현정부에 이르기까지 이어져온 통일정책과 상반되는 전제 위에서 통일비용을 계산한것이다.

사실 남북연합 상태에서는 북한에 독자적인 정권이 있는 상황이기 때문에 남한이 마치 국내경제개발계획을 짜서 내리먹이듯이 북한을 다룰 수 없다. 북한정권과 협의를 통해서 남북의 호혜적 공동체 형성을 향해 나가야 한다.

물론 남북이 화해협력을 추구하거나 연합국가를 형성한 시기에 북한이 급변사태를 맞아 붕괴할 가능성도 배제할 수 없다. 그러나 그 경우에도 남북이 즉각 하나의 통일국가를 실현하는 것보다는 점진적인 통일을 유도하는 것이 국내혼란을 마고 통일비용을 덜 들이는 방법이다.

이는 이명박정부의 대통령 직속 미래기획위원회가 2010년에 제출한 통일비용 보고에 잘 나타나 있다. 이 보고는 남북한이 2040년에 평화, 경제 공동체가 이루어지는 것을 전제로 향후 30년간 투자해야 할 통일비용은 연평균 100억 달러인 반면, 북한이 당장 붕괴할 경우 향후 30년간 매년 720억 달러가 소요될 것으로 보았다. 쉽게 말해서 북한 김정은 정권의 붕괴 같은 북한 급변사태에 따른 급진적인 통일이 점진적인 통일보다 통일비용이 7배 더 높다는 것이다.

남북화해협력 – 남북연합 – 통일국가로 나아가는 경로를 밟는다면 우리는 통일비용을 얼마나 지출해야 할까? 이를 추정하는 것도 쉬운 일은 아니다. 통일비용은 남북화해협력 단계와 남북연합 단계가 과연 어느 정도 기간일지에 따라 달라질 것이다. 통일비용을 계산해내기는 어렵지만 그동안 초보적이지만 김대중 정부(1998년 2월 ~ 2003년 2월)와 노무현정부(2003년 2월 ~ 2008년 2월)에서 남북협력을 했던 경험이나 북한의 경제수준 등을 고려 하여 말할 수 있는 것같다. 2010년 기준으로 북한의 국민총소득이 126억 달러라고 가정할 때, 연간 북한 국민총소득의 10% 정도를 지원한다면 12 ~ 13억 달러가 된다. 현재 상태로는 매년 1조 5000억 원 정도가 소요되는 셈이다. 현재 상태로는 매년 1조 5000억 원 정도가 소요되는 셈이다. 그러나 남북협력이 심화되면 북한의 사회간접시설 지원 등에 상당한 돈이 들 것으로 예상된다. 이를 위해 조세저항이 예견되는 별도의 통일세 등으로 재원을 마련하지 말고 기존의 남북협력기금을 늘리는 방식을 취하는 것이 합리적이다.

사실 이명박정부는 매년 1조 원 정도의 남북협력기금을 조성했으나 남북관계의 악화로 10%도 사용하지 못한 채, 나머지는 불용했다. 이를 불용처리하지 말고 누적시켰다면 아마 이미 원 이상의 협력기금이 모였을 것이다. 통일에 임박해서 통일 비용을 지출하면 천문학적 비용이 들어가지만, 평소에 남북관계를 발전시키며 통일의 여건을 조성해가면 비용이 훨씬 적게들 뿐만 아니라 남한 주도의 통일정세를 맞을 가능성이 높다. 이는 전문가들뿐만 아니라 일반인도 공감하는 상식이다.

결론적으로 남북이 화해협력을 통해 연합국가로 나아가면서 점진적인 통일을 추구한다면 남한이 감당할만한 범위에서 통일비용을 지출할 수 있다. 뿐만 아니라 통일비용의 투입에 따라 북한에 사회간접시설이 구축되면 남한 기업들의 북한 진출이 그만큼 용이해지기 때문에 남한의 국익이 그만큼 중대한다. 이렇게 보면 통일비용의 상당부분은 단순히 북한 주민들의 생활만 향상시키는 것이 아니라 남한도 더불어 잘살게 하는 비용인 것이다.

6-2 분단비용

우리가 분단 때문에 받는 손해와 고통일 얼마나 큰지 잘 살펴볼 필요가 있다.

우리가 분단으로 인해서 치르는 부정적인 대가를 분단비용이라고 한다. 우리가 쉽게 생각할 수 있는 분단비용은 북한의 침략에 대비해서 지출하는 국방비다. 국방비가 정상적인 상황과 비교할 때 과다하게 지출되고 있음을 두말할 나위가 없다. 2012년에만 우리나라는 약 33조 원의 국방비를 쓰는데, 이는 국가 전체 예산의 10%를 웃도는 규모다.

여기에 남북대결로 인해 한반도 정세가 약화되면서 한국 경제가 입는 부정적 피해를 뜻하는 한반도 리스크도 매우 크다. 2011년 말 현재 우리나라의 대외채무가 3984억 달러라고 하는데, 만약 한반도 정세가 불안해져 국제채권시장에서 우리 나라의 채권 금리가 0.1%만 올라도 우리나라는 연간 4억 달러의 이자를 추가로 지출해야 한다.

우리 눈에는 보이지 않으나 이보다 더 막대한 분단비용도 있다. 분단으로 인해 대한민국이 북쪽으로 터져있는 육지를 통해 대륙으로 뻗어나가며 성장할 수 있는 기회를 박탈당한 것은 상상하기 어려울 정도로 커다란 분단비용의 지출이다.

무형의 분단비용으로 대표적인 것은 분단이 우리의 민주주의를 발전을 가로막아왔다는 사실이다. 과거 독재정권은 독재를 더 강화하거나 정권이 위기에 처했을 때 이를 회피하는 방법으로 남북대결 상황을 악용했다. 전두환 정권은 1986년에 반독재 민주화의 열기로 위기에 처하자, 국민들의 안보심리를 자극하여 위기를 돌파하기 위해 '평화의 댐' 사건을 조작까지 했다. 전두환 정권은 북한이 저수량 200억 톤의 금강산댐 건설을 계획하고 있으며, 북한이 유사시에 이 댐을 폭파하여 서울을 물바다로 만들기 위한 수공 작전을 쓸 수 있다며 국민을 공포로 몰아갔다. 이때 언론사들은 북한의 '음흉한 흉계'에 대비하자며 1987년까지 수백억 원의 국민성금을 모았다. 당시 1700억 원의 돈을 들여 대항 댐으로 '평화의 댐'을 건설했다. 이때부터 정부가 금강산댐의 저수량을 과장·왜곡했다는 지적이 끊이지 않았다. 결국 2003년경에 완성된 금강산댐의 최대저수량을 측정해보니 소양감 댐보다도 3억 톤이 적은 26억 톤 정도로 밝혀졌다.

한편 분단은 종종 민주주의 본령인 선거에서 원래 국민의 뜻과 다른 결과를 만들어내거나 선거 애슈를 왜곡시키는 부작용을 낳기도 했다. 예를 들면, 1987년 11월 29일 13대 대통령선거를 10여 일 앞두고 북한 공작원 김현희 등에 의해서 저질러진 대한항공 폭발사고는 선거에 막대한 영향을 끼쳤다.

이처럼 북한이라는 요소가 국내 정치 과정에 개입하면서 남한사회는 민의가 왜곡되고 민주주의 지체되는 경험을 수업이 해왔따. 이런점이 역시 분단비용인 셈이다.

우리가 분단으로 치르는 비용은 사회 곳곳에 있다. 1000만 이산가족의 생이별은 분단의 세월이 길어지면서 실향민 1세대가 대부분 사망하여 더이상 애깃거리도 안 되고 있다. 그러나 고향을 꿈에서나 찾다가 끝내 세상을 떠난 수백만 실향민의 한과 가족상봉의 희망마저 포기한 수십만 명의 생존 이산가족의 절망만큼 큰 분단비용도 없을 것이다.

분단은 심지어 우리의 언어 사용도 제한하고 있다. 자주나 주체는 우리 공동체의 가치를 나타내는 좋은 말들이지만 북한이 자주노선을 제창하고 주체사상를 주장하면서 이 단어들을 쓰면 '친북좌파'라는 말을 들을까봐 겁을 내고 몸을 사린다.

분단은 평화적이고 자주적이며 자유롭게 살아야 할 우리 민족의 삶은 제약해왔다. 남북한에 적대적인 대결구도가 만들어지고 이 때문에 남에서는 '좌파'가 북쪽에서는 '우파'가 배척된 이념적 관용이 매우 적은 사회들이 돼버린 것이다. 남과 북 모두에서 자유와 민주주의는 억압되고 자유롭고 창의적인 삶이 제약당했다.

분단은 우리 민족 구성원의 도덕성을 마비시키는 작용도 해왔다. 분단은 형제간에 증오와 대결을 부추겨오면서 민족 전체의 정신적 불구화를 초래했다. 그리고 이러한 형제간의 증오에 편승해서 친일세력이 재등장할 수 있는 밑받침 역할을 했다. 특히 친일세력의 경우, 반공을 기치로 소생하여 절개와 주권이라는 도덕적 대의명분을 중시하는 우리 민족 고유의 정의 관념을 파괴하고 자신의 이기적 이해를 충족시키기 위해서는 얼마든지 표변할 수 있는 기회주의 문화를 사회 저변에 양산시켰다.

분단은 이처럼 우리로 하여금 다양한 분야에서 많은 비용을 치르게 하고 있다. 이를 해소하지 않고는 우리가 제대로 된 삶을 영위하기 어려울 정도로 분단비용은 박대하다.

6-3 / 통일편익과 분단 비용

현재까지 나타난 통일비용 추정치들을 비교하면 연구자와 연구기관 별로 커다란 편차를 보이고 있다. 이는 통일비용 추정에 사용된 개념, 가정, 추정방식 등이 다르기 때문이다.

통일비용에 대한 판단은 분단비용과 통일 이후 얻게 될 통일편익을 함께 생각할 때 합리적인 결론을 내릴 수 있다. 통일편익이 분단비용 보다 많다면 감내하지 못할 이유가 없다.

6-4 계산 방법에 따라 다양한 통일비용 규모

통일비용이란 '통일된 남북한 지역, 즉 통일 한국이 통일로 인하여 부담하여야 하는 비용'을 의미한다. 그러나 현실적으로 볼 때 통일비용은 '통일로 인하여 남한 지역이 부담하는 경제적 비용'으로 인식되고 있다. 즉 통일비용은 통일 이후 남한 지역이 북한 지역에 지원하는 경제적 비용으로 볼 수 있다.

통일비용은 급진적 통일과 점진적 통일이라는 통일의 방법에 따라 다르게 나타난다. 급진적 통일은 북한의 남한으로의 편입이라는, 독일 통일과 유사한 형식으로 상대적으로 많은 통일비용이 필요하다. 그러나 점진적인 통일은 북한의 개혁·개방으로 인한 경제 활성화와 남북의 점진적인 교류 · 협력의 증대를 전제로 하기 때문에 통일비용이 상대적으로 매우 적을 것이다. 따라서 점진적 통일비용은 크게 걱정할 필요가 없으며, 우리가 주로 이야기하는 통일비용은 주로 급진적인 통일을 전제로 이루어지고 있다. 우리 사회의 통일비용에 대한 논의들은 1990년 대와 2000년대로 구분할 수 있다. 1990년대의 연구들은 독일통일과 북한의 김일성 사망 그리고 경제난 심화로 북한의 붕괴를 전제적 측면과 정치. 사회적 측면 등 다방면에 걸쳐 있기 때문에 계량화가 어렵다. 따라서 기존의 통일비용 추정치들은 통일편익을 고려하지 않았으며, 이는 통일비용을 과대평가하는 요인으로 작용하였다.

통일비용이 막대하므로 현재의 분단 상태를 잘 관리하는 것이 낫다는 생각은 통일과 그 이후를 생각하지 않는 단편적인 것이다. 불확실한 미래에 발생할 통일을 예상하여 통일비용의 규모를 정확하게 추정한다

193

는 것은 불가능하기 때문에 큰 의미를 부여하기가 어렵다. 그리고 북한 경제가 동독 경제보다 열악하고 남한의 인구나 경제력이 서독보다 작기 때문에 통일비용이 독일보다 더 클 것으로 예상되는 것은 당연한 것이다.

그러나 통일비용에 대한 판단은 현재 우리가 부담하고 있는 분단비용과 통일 이후 얻을수 있는 통일편익을 함께 생각할 때 합리적인 결론을 내릴 수 있다. 즉 통일비용이 아무리 많이 들더라도 통일편익과 분단비용이 그보다 많다면 수치적으로 우리가 감내하지 못할 이유가 없는 것이다. 예를 들어 대규모 산업단지를 조성한다고 할 때 많은 비용이 들더라도 그 비용을 계획적으로 조달하고 산업단지 조성 이후 이익을 산출한다면 결과적으로 자산의 확대와 이익의 창출이라는 두 마리 토끼를 잡을 수 있는 것이다.

6-5   통일 비용보다는 분단 비용과 통일 편익

통일은 기회가 오면 잡아야 하는 것이지 비용을 이유로 회피할 수는 없다. 따라서 통일비용에 대한 두려움과 걱정보다는 오히려 통일비용을 줄이면서 통일편익을 극대화할 수 있는 방법을 고민해야 한다. 다가올 한반도의 통일시대를 대비해 통일비용의 감소와 충분한 부담 능력을 갖기 위한 대북정책과 외교정책, 그리고 대내외 경제정책을 추진해야 할 것이다.

국내 통일비용 연구 결과

연구자(기관)	통일시기	통일비용 개념	추가비용
한국개발 연구원(1991)	2000년	남북한 소득 격차 해소 비용 2010년 북한 1인당 소득 남한의 60%	2,632 ~
신창민 (1992)	2000년	남북한 소득 격차 해소 비용 2010년 북한 1인당 소득 남한과 동일	1조 7,700억 달러
인두순 (1992)	1990년	남북한 소득 격차 해소 비용 2000년 북한 1인당 소득 남한과 동일	241조 5,000억 ~ 360조 3,000억 원
배진영 (1993)	2000년	남북한 소득 격차 해소 비용 2010년 북한 1인당 소득 남한과 동일	4,480억
이영선 (1993)	2041년	점진적 통일 1990년부터 지원을 시작하여 남북한 소득 수준이 같아지는 시점에 통일 기회비용 개념 비용	8,050억 달러
한국산업 은행(1994)	1994년	남북한 소득 격차 해소 비용 2004년 북한 1인당 소득 남한의 60%	8,050억 달러
황의각(1996)	2000년	2005년 남북한 동일 생활 수준 달성 비용	1조 2,040억 달러
박태규 (1996)	1995년	항목별 소요 지원액 합계	초기 5년은 남한지역 GNP의 8.7 ~ 11.3%, 휘 5년은 7.5%
이주훈·장원태 (1997)	-	가상가치접근법(contingency value method)을 통한 지불의사 측정부	103조 1,514억원 ~ 129조 2,382억원
삼성경제 연구소 (2005)	2015년	북한 주민의 기초 생활 및 초기 산업화를 위한 지원 비용	5,460억 달러
한우리연구원 (2007)	2020년	남북한 소득 격차 해소 비용 2030년 북한 1인당 소득 남한의 50%	9,912억 달러
한국조세 연구원 (2009)	2011년	국민기초생활보장제도를 제외한 급속한 통합비용	남한 GDP의 12%

해외의 통일비용 연구 결과

연구자(기관)	통일시기	통일비용 개념	추정비용
하버드대인구개발연구소 (1991)	1991년	독일 통일비용 기준	2500~5000억 달러
유로아시안 비즈니스 컨설팅 (1992)	1993년	1993년 북한 1인당 소득을 990달러를 가정하고 2000년 6800달러로 올리기 위한 투자 비용	3280억 달러
Economic Intelligence Until(1992)	2000년	남북한 소득 격차 해소 비용 2000년 북한 1인당 소득 남한과 동일	1조 897억 달러
M. Noland(1996)	1995년 2000년	북한 가계 소득이 남한의 60%에 이르기 위해 소요되는 자본량을 통이 시점에 따라 추정	1조 3780억 달러 ~ 3조 1720억 달러
Rand Institute(2005)		북한 GDP를 2배를 올리는 비용	500억 달러 ~ 6700억 달러
Credit Suisse(2009)			1조 5000억 달러
P. Beck (2010)		독일식, 예멘식, 베트남식으로 구분하여 추정	2조 달러 ~ 5조 달러

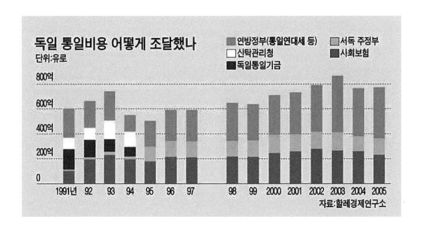

독일 통일비용 어떻게 조달했나
단위:유로

■연방정부(통일연대세 등) □서독 주정부
□신탁관리청 ■사회보험
■독일통일기금

자료:할레경제연구소

진보와 보수가 본 평화통일

국방부가 '2018 국방백서'에서 "북한을 우리의 적"으로 규정했던 문구를 삭제할 것으로 알려지며 해묵은 '주적(主敵) 논란'이 또다시 불거지고 있다. 이미 북한과 군사 분야에서의 대화를 시작한 만큼 불가피한 조치라는 게 정부 입장이나 북한의 핵·미사일 위협 수준이 실질적으로 낮아지지 않은 상황에서 남측이 앞서 나가고 있다는 반론도 만만치 않다.

국방백서에서 북한 정권과 북한군에 대한 규정은 남북관계 부침을 고스란히 반영해왔다. 국방부는 1994년 제8차 실무 남북접촉에서 북측 참석자가 "서울 불바다" 발언을 한 뒤 1995년 국방백서에 처음으로 "북한군은 주적"이라고 규정했다. 2000년 첫 남북 정상회담을 기점으로 남북관계가 급속도로 해빙 무드를 타자 2004년 국방백서에선 주적 표현을 삭제하고 '직접적 군사위협' 등의 표현으로 대체했다. 국방부는 북한이 연평도 포격 도발을 일으킨 2010년 국방백서에서 다시 "북한 정권과 북한군은 우리의 적"이라고 규정했고 지난 8년간 이 표현을 유지해왔다.

국방백서 주적 표현 변화

1995~2000년	2004년	2010년	2018년 8월 현재
"북한군은 주적"	"북한군은 주적" 표현 삭제하고 "직접적 군사위협" 등으로 대체	"북한군은 우리의 적"	"북한군은 우리의 적"표현 삭제 검토
1994년 납북접촉서 북측대표서울 불바다 발언으로 한반도 군사적 긴장감 급상	2000년 첫 남북 정삼회담 이후 한반도 화해 분위기 조성	2010년 11월 북한 연평도 포격 도발 감행	427 남북 정상회담 이후 남북 간 대화 분위기 조성

정부는 올해 들어 남북 간 대화가 활발해지고 북한이 어느 때보다 한반도 군사적 긴장 수위를 낮추는 데 적극적으로 나오고 있는 만큼 북한 정권과 군을 적으로 규정한 문구는 수정이 불가피하다는 입장이다. 정부 관계자는 "북한이 이미 실질적인 대화 상대가 된 만큼 이를 반영하자는 취지이지, 북한의 대남 군사적 위협 자체를 부정하겠다는 게 아니다"고 강조했다.

주적이라는 표현 자체가 일반적이지 않다는 지적도 꾸준히 제기되어 왔다. 국방부가 2001년 주요국의 주적 개념 사용 여부를 조사한 결과 미국과 중국, 일본, 이스라엘 등 대부분의 군사대국은 주적 표현을 사용하지 않는 것으로 나타났다. 안보 상황 변화에 따라 군사 전략이 달라지는 만큼 적을 명시적으로 규정할 필요가 없기 때문이다.

그러나 주적 표현 삭제를 우려하는 쪽에선 '속도'를 문제 삼고 있다. 북한의 핵·미사일 위협이 상존하고 있는데 우리만 앞서 나가고 있다는 지적이다. 자유한국당의 윤영석 수석대변인과 국회 외교통일위와 국방위 간사인 정양석·백승주 의원은 이날 공동 성명서를 내고 "북한의 군사적 위협이 전혀 해소되지 않은 상황에서, 실낱 같은 희망에 기대를 걸고 북한 지도부에 읍소하고 국민의 안전을 위협하는 현 정부는 반드시 역사적 심판을 받게 될 것"이라고 국방부를 강도 높게 비난했다.

논란을 예상한 국방부도 당장 확정 짓지는 않고, 올해 12월까지 남북 관계 및 안보 상황을 지켜본 뒤 충분한 검토를 통해 결정한다는 입장이다. 올해 안으로 종전선언이 이뤄질 경우 주적 개념 삭제 반대 여론도 낮아질 것으로 보기 때문이다. 반면 비핵화 문제의 진전이 지지부진할 경우 새 국방백서에 담길 북한에 대한 표현 수위를 놓고 정부의 고민은 더 깊어질 전망이다.

'북한이 주적이냐, 아니냐'라는 사상 검증으로 나타나게 된다. 2017년 4월 19일 열린 대통령 선거 후보 토론에서 바른정당 유승민 후보는 더불어민주당 문재인 후보에게 "북한이 우리 주적이냐"라는 질문을 하며 주적 논쟁을 일으키려고 한 적이 있다. 주적 개념은 1995년판부터 200년판 [국방백서]에 등장했다가 이후에 없어졌지만 오랫동안 색깔론 소재로 쓰이고 있다. 조금 다른 측면에서 '주적'개념을 살펴보고 싶다. 과거 조지 W. 부시 대통령이 천명했던 '악의 축'에 등장하는 악과 '주적'은 매우 유사한 개념이라는 점이다. 'evil'은 일반적으로 쓰는 '적 enemy'과는 맥락이 다르다. 'enemy'는 항복을 받으면 되지만, 'evil'은 단순히 항복을 받는 것이 아니라 죽여 없애야 하는 존재라고 할 수 있다. 'evil'은 종교적 개념이기 때문에 대화나 협상의 대상도 아니며, 공존의 가능성은 상상할 수도 없다. 그런 맥락에서 본다면 '북한은 주적'이라고 강조하는 것은 곧 통일을 하면 안 된다고 말하는 것이나 다름없다.

'종북'이라는 말도 마찬가지 맥락에서 비판적으로 재검토할 수 있지 않을까 한다. 1980년부터 1990년대까지 쓰던 '친북'은 주종관계와는 다른 맥락이었는데, '종북'은 '친북'을 내포하면서 주종관계까지 포함하고 있으니 훨씬 더 고약한 말이다.

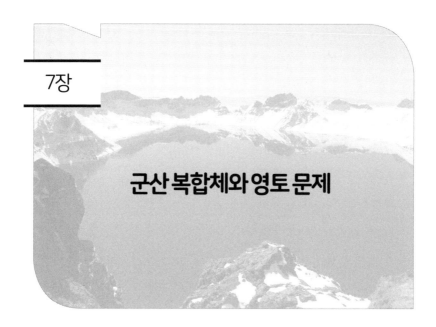

7장

군산 복합체와 영토 문제

7-1 군산복합체

미국에 군산복합체가 있다. 군산복합체는 미국의 군부와 군수업체, 의회의 상호의존적 결탁 체제이다. 이는 이익 공동체인 동시에 담론 공동체라고 할 수 있다. 군산복합체를 모르면 결코 미국의 외교정책, 특히 대북정책을 이해할 수 없다.

군산복합체는 미국을 좌지우지한다. 돈이 미국을 움직이고 그 돈은 총칼에서 나온다. 제2차 세계대전을 거치며 싹이 트기 시작한 군산복합체는 냉전과 한국전쟁을 지나며 미국 사회에서 확고하게 뿌리를 내렸다.

군산복합체라는 말은 드와이트 아이젠하워 Dwight Eisenhower 대통령이 1961년 1월 17일 퇴임 연설에서 처음 언급했다. 아이젠하워 대통령은 "우리는 군산복합체에 의한 승인받지 않은 영향력을 방어해야 한다. 잘못된 권력이 부상할 가능성은 현재에도 있고 앞으로도 계속 있을 것이다. 우리는 군산복합체의 압박이 우리의 자유와 민주주의의 과정을 위험에 처하게 놓아두어서는 안 된다"라고 경고하며, "오직 깨어있고 총명한 시민만이 군산복합체를 몰아내고 안보와 자유가 공존하는 평화로운 수단과 목적을 지킬 수 있을 것"이라고 강조했다.

아이젠하워 대통령이 군산복합체를 경고한 것은 대단한 통찰력이었다. 그는 노르망디 상륙작전 당시 연합군 총사령관을 역임하는 등 수많은 전쟁을 지휘한 오성장군으로서 군대를 잘 알고 있는 데다, 대통령으로서 8년을 일한 연륜이 있었기에 가능한 예언이 아니었나 싶다. 아이젠하워 대통령은 1953년 4월 16일 연설에서 이미 "장거리 전략 폭격기 하나를 사는 돈으로 30개 이상의 도시에 학교를 하나씩 지을 수 있고, 전투기 한 대로는 8000명 이상이 살 수 있는 새 집을 지을 수 있다면서" 모든 총과 군함과 로켓은 결국 배고프고 춥고 헐벗은 사람들로부터 훔친 것이다라고 강조하기도 했다.

하지만 당시에도 그렇고 이후에도 미국은 아이젠하워의 경고를 귀담아 듣지 않았다. 미국은 정치 · 경제 · 사회의 모든 영역에서 안보국가로 돌진했다. 1950년 미국 국가안전보장회의 (NSC) 보고서 [NSC-68]에서 분명히 천명했듯이 미국은 국방 예산을 늘려 국민총생산(GNP)을 증가시키는 국가를 원했다.

북한이 2013년 2월 제3차 핵실험을 감행하자 미국은 본토가 핵미사일 공격을 받을 수 있다는 이유를 들어 10억 달러를 들여 알래스카주 포트 그릴리 기지에 지상 발사 요격미사일 14기를 추가 배치함으로써 미국 서부 해안의 미사일 방어 전력을 50퍼센트 증강시키기로 했다. 미사일 방어 체제는 한국의 4대강사업과는 비교도 할수 없는 밑 빠진 독에 물 붓기로 오랫동안 비판을 받았지만, 미국 정부는 계속해서 막대한 예산을 쏟아붓고 있다. 미국으로서는 북한 미사일이 본토를 타격할 가능성이 아니라 미사일 방어 체제 구축을 위한 정치적 정당성이 된다는 것이 중요할 뿐이다.

이는 바꾸어 말하면 북핵 문제야말로 미국 군수산업의 마중물을 뜻한다. 더구나 남북 간의 긴장은 한국을 미국의 최대 무기 수입국으로 만들었다. 결국 군산복합체에는 북한의 '악마'이미지가 필수인 셈이며, 북한은 한국과 일본에 무기를 팔아먹기 딱 좋은 알리바이에 불과하다. 그런 면에서 보면 북한이야말로 미국의 미사일 방어 체제 구축의 일등공신이라고 할 수 있다.

군산복합체가 지배하는 나라는 평화에서 멀어질 수밖에 없다. 군수산업은 태생적으로 자유경쟁 시장이 될 수 없기 때문에 정경유착 유혹에 항상 노출되어 있다. 군산복합체는 로비 정치와 짝을 이룬다. 부정부패를 초래하고 경제 질서를 왜곡한다. 무기 생산을 위해서는 무기를 사용해야 하는데 그러려면 전쟁과 분쟁이 필수적이다.

결국 군산복합체는 전시경제로 굴러갈 수밖에 없다. 소중한 국가 예산이 보건복지 등 국민들의 삶의 질을 높이는 쪽이 아니라, 무기 구입 등 특정 기업의 배만 불리다 보면 빈부 격차와 양극화는 심해지기 마련이다. 중산층이 무너지면 민주주의가 작동하지 못한다. 트럼프가 대통령에 당선된 것에서 우리는 미국 민주주의 쇠퇴를 목격하고 있다.

1) 미국의 국방 예산

미국은 중국, 러시아, 일본, 영구, 프랑스, 사우디아라비아, 인도 등 미국으 제외한 국방 예산 규모가 가장 큰 7개국을 모두 합친 것보다 많은 국방 예산을 해마다 지출하고 있다. 현재 미군의 전체 규모는 약 130만 명으로, 예비군 86만여 명이 별도로 있다. 미국보다 규모가 큰 군대를 보유한 국가는 중국 (220만명)과 인도(140만 명)밖에 없다. 미군 약 20만 명이 170여 개 국가에 주둔하고 있는데, 세계에 이런 나라가 어디에 또 있을까. 미군은 전투기 2200여 대, 함정 (잠수함 포함) 275척을 보유하고 있으며, 전 세계에 18척만 존재하는 항공모함 중에서 10척이 미군 소속이다.

군산복합체는 대북정책에서 반드시 고려해야 할 핵심 변수이기 때문에 한국에도 매우 중요한 문제라는 사실을 잊어서는 안된다. 2015년 미국 의회 조사국이 발견한 연례 무기판매 보고서에 따르면 2014년 당시 78억 달러(9조 1299억 원)에 이르는 한국의 무기 구매 계약액 중 F-35 전투기 40대에 7조 3418억 원, 글로벌호크(장거리 고고도 무인정찰기) 4대에 8800억 원 등 약 70억 달러(8조 1935억원가) 미국산 무기이다. 스톡홀름 국제평화연구소(SIPRI)가 2015년 3월 발표한 [국제 무기 거래 동향]보고서에 따르면 한국은 2010년 부터 2014년까지 미국이 수출한 무기의 9퍼센트를 수입했는데, 이는 미국산 무기 수입 세계 1위이다.

이런 구조는 분단과 함께 시작되었다. 1970년대까지 한국군은 미국의 군사지원(MAP) 형태로 무기를 제공받았으나 베트남전쟁 이후로는 무기 지원이 무상에서 유상으로 바뀌어 대외군사 판매(FMS), 1980년부터는 군수업체가 판매하는 상업무기(CS)의 거래 비중이 늘었다. 한국은 1980년대 후반 미국 무기 수입 8위, 1990년대 중반에는 6위를 기록했다. 하나부터 열가지 모두 미국 무기이다 보니 더 좋은 다른 나라의 무기를 구입하는 것 자체도 힘들어지고, 결국 무기 구입 협상 자체가 유명무실해지는 악순화이 되풀이될 뿐이다. 부정부패와 예산 낭비 논란이 끊일 날이 없다.

2000년대 초반 F-15K(미국 보잉)과 라팔(프랑스 다소), 유로파이터(유럽항공방위우주산업)가 경쟁한 1차 차기전투기(FX)사업에서 라팔이 더 우수한 점수를 받았음에도 F-15K를 최종 선정한 일을 기어하실 것이다. 심지어 미국 정부도 미국산 묵기 판매를 위해 팔을 걷고 나섰다. 위키리크스가 폭로한 미국 국무부 외교문서를 보면 주한 미국대사까지 나서서 미구산 무기 판매를 위해 한국 정부에 압력과 회유를 가하는 장면이 적나라하게 드러나 있다.

한국은 국방. 안보 정책의 졸이 된지 오래이다. 한반도에서 열리는 한. 미 연합 군사훈련을 보자. 외국 바이어들을 초대해 무기 실험하는 것을 관람시키는데, 한반도가 무기 전시회장이 되는 셈이다. 안보 담론에는 중간이 없다. 적을 죽이느냐, 살리느냐 둘 중 하나이다. 안보 담론이 정책을 지배하면 대화와 협상은 설 자리를 잃게 된다.

안보만 강조해서는 안보를 이룰 수 없다. 2017년 6월 미국을 방문한 문정인 대통령 통일외교안보특보가 "북한이 핵·미사일 활동을 중단한다면 미국과 협의해 한·미 연합 군사훈련을 축소할 수 있다"고 발언한 것을 두고 야당과 보수 언론이 비판했다. 사실 키리졸브 훈련 같은 한·미 연합 군사훈련은 한반도에 군사적 긴장을 고조시킨다는 점에서 반드시 재검토해야 한다고 본다.

카터 행정부각 추진한 주한 미군 철수는 상당한 저항에 직면했고, 카터각 재선에 실패하는데 한몫했다는 것을 생각한다.

주한 미군의 철수 여부를 따져 보기 위해서는 먼저 주한 미군의 목적과 정당성을 어디에서 찾을 것인가 하는 문제부터 살펴보아야 한다. 주한 미군이 주둔하는 이유가 북한의 남침을 저지하기 위한 것입니까, 아니면 중국을 견제하기 위한 것입니까. 주한 미군은 한국을 지키는 것이 최우선 목표일까, 아니면 미국의 국익을 위해 투자와 안전을 담보하는 것이 최우선 목표일까. 북한조차도 예전에는 주한 미군 철수를 강력하게 요구했지만 지금은 그렇지 않다. 이미 2000년에 김정일 국방위원장은 평양을 방문한 매들린 올브라이트 국무장관에게 주한 미국의 역할 조정을 전제로 통일 이후에도 주한 미군의 주둔을 반대하지 않는다고 말힌 바 있다.

그것은 주한 미군이 동북아시아의 균형자로서 역할을 하느냐의 여부 이전에 주한 미군이라는 존재 자체가 한반도에서 안보 접근법을 유지하는 제도적 장치로서 가능하다는 근본적인 고민 때문이다.

2) 평화정책이 안보정책의 종속되면 안된다.

평화정책이 안보정책이 조성되면 안된다.

평화학 관점에서 보면 안보라는 문법으로 평화에 접근해서는 안 된다. 평화정책이 안보정책에 종속되는 순간 결코 평화를 이룰 수 없게 된다. 평화는 지배가 아니라 조화이다. 지배하려고 하면 분쟁고가 갈등만 생긴다. 지배를 통해 평화를 이룬다는 것은 불가능한 목표임을 직시해야 한다. 안보 접근법은 '제로섬' 게임에 입각해 있기 때문에 이분법적인 세계관으로 이어질 수밖에 없지만, 평화 접근법은 승자와 패자로 나누지 않는다. 다양한 견해와 경쟁하는 방식이다. 그렇기 때문에 평화 접근법에서는 평등을 중시한다.

조화의 개념은 동아시아 사람들의 뼛속 깊이 뿌리박혀 있다. 그래서 평화 개념이 동아시아에서 가장 잘 실험될 수 있다고 본다. 남북 관계도 경제와 군사력 경쟁이 아니라 조화라는 관점에서 해결될 수 있다. 남북은 상대방을 악마화하면 서로 이야기하고 싶은 마음이 없어져 죽이고 싶어질 뿐이다. 상대방을 악마화하지 않으면서 어떻게 대화와 의견을 교환할 것인지가 중요하다. 악마라는 개념은 사전에서 그리고 평화학이나 세계 질서, 외교 등에서 완전히 사라져야 한다.

2000년대 초반 F-15K (미국보잉)과 라팔(프랑스 다소), 유로파이터(유럽항공방위우주산업)가 경쟁한 1차 차기 전투기 (FX)사업에서 라팔이 더 우수한 점수를 받았음에도 F-15K를 최종 선정한 일을 기억하실 것이다.

심지어 미국 정부도 미국산 무기 판매를 위해 팔을 걷고 나섰다. 위키리스크가 폭로한 무기 국무부 외교문서를 보면 주한 미국대사까지 나서서 미국산 무기 판매를 위해 한국 정부에 압력과 회유를 가하는 장면이 적나라게 드러나 있다.

한국은 국방·안보 정책의 졸卒이 된지 오래이다. 한반도에서 열리는 한·미 연합 군사훈련을 보자. 외국 바이어들을 초대해 무기 실험하는 것을 관람시키는데, 한반도가 무기 전시회장이 되는 셈이다. 안보 담론에는 중간이 없다. 적을 죽이느냐, 살리느냐 둘 중 하나이다. 안보 담론이 정책을 지배하면 대화와 협상은 설자리를 잃게 된다.

안보만 강조해서는 안보를 이룰 수 없다. 2017년 6월 미국을 방문한 문재인 대통령 통일외교안보특보가 "북한이 핵·미사일 활동을 중단한다면 미국과 협의해 한·미 연합 군사훈련을 축소할 수 있다"고 발언한 것을 두고 야당과 보수 언론이 비판했다. 사실 키리졸브 훈련 같은 한·미 연합 군사훈련은 한반도에 군사적 긴장을 고조시킨다는 점에서 반드시 재검토해야 한다고 본다. 가터 행정부가 추진한 주한 미군 철수는 상당한 저항에 직면했고, 카터가 재선에 실패하는 데 한 몫했다는 것을 생각한다.

주한 미군의 철수 여부를 따져 보기 위해서는 먼저 주한 미군의 목적과 정당성을 어디에서 찾을 것인가 하는 문제부터 살펴보아야 한다. 주한 미군이 주둔하는 이유가 북한의 남침을 저지하기 위한 것인가, 아니면 중국을 견제하기 위한 것인가.

주한 미군은 한국을 지키는 것이 최우선 목표이다. 물론 여러가지 측면이 복합적으로 작용한다. 북한조차도 예전에는 주한 미군 철수를 강력하게 요구했지만 지금은 그렇지 않다. 이미 2000년에 김정일 국방위원장은 평양을 방문한 매들린 올브라이트 국무장관에게 주한 미군의 역할 조정을 전제로 통일 이후에도 주한 미군의 주둔을 반대하지 않는다고 밝힌 바 있다.

그것은 주한 미군이 동북아시아의 균형자로서 역할을 하느냐의 여부 이전에 주한 미군이라는 존재 자체가 한반도에서 안보 접근법을 유지하는 제도적 장치로서 기능한다는 근본적인 고민 때문이다.

평화학 관점에서 보면 안보라는 문법으로 평화에 접근해서는 안된다. 평화정책이 안보정책에 종속되는 순간 결코 평화를 이룰 수 없게 된다. 평화는 지배가 아니라 조화이다. 지배하려고 하면 분쟁과 갈등만 생긴다. 지배를 통해 평화를 이루는 것은 불가능한 목표임을 직시해야 한다. 안보 접근법은 '제로섬' 게임에 입각해 있기 때문에 이분법적인 세계관으로 이어질 수밖에 없지만, 평화 접근법은 승자와 패자로 나누지 않는다. 다양한 견해가 경쟁하는 방식이다. 그렇기 때문에 평화 접근법에서는 평등을 중시한다.

조화의 개념은 동아시아 사람들의 뼛속 깊이 뿌리박혀 있다. 그래서 평화 개념이 동아시아에서 가장 잘 실험될 수 있다고 본다. 남북 관계도 경제와 군사력 경쟁이 아니라 조화라는 관점에서 해결될 수 있다. 남북은 상대방을 악마화하면서 서로 이야기하고 싶은 마음이 없어져 죽이고 싶어질 뿐이다. 상대방을 악마화하지 않으면서 어떻게 대화의 의견을 교환할 것인지가 중요하다. 악마라는 개념은 사전에서 그리고 평화학이나 세계 질서, 외교등에서 완전히 사라져야 한다.

3) 일본 군사력

지난해 세계 8위였던 일본 군사력이 올해 한국을 제치고 전년 대비 두 단계 오른 세계 6위라는 분석이 나왔다. 세계 각국의 무장력과 경제력을 종합, 매년 총체적 군사력을 분석·평가해 온 글로벌파이어파워

(GFP) 6일 '2019년 세계 군사력 순위' 발표 결과다.

GFP에 따르면 자료 수집이 가능한 세계 주요 137개국의 총체적 군사력을 따진 결과, 미국이 파워지수 0.0615로 1위에 올랐다. 파워지수는 0에 가까울수록 군사력이 높다는 뜻이다. 이어 러시아가 0.0639로 2위를, 중국(0.0673)과 인도(0.1065), 프랑스(0.1584)가 3~5위를 각각 차지해 결과적으로 5위권 군사력 순위는 지난해와 동일했다. 지난해 7위였던 한국은 이번 평가에서 0.1761로 자리를 지킨 반면, 8위였던 일본은 6위(0.1707)로 뛰어올랐다. 6위였던 영국이 8위로 밀려났으며, 터키와 독일이 각각 9위와 10위로 뒤를 이었다.

단순 전력 대신 총체적 군비태세를 평가하는 만큼 GFP 지수는 매우 세분화되어 있다. 군사력을 좌우하는 55개 요소를 종합해 '파워지수'(Pwr index)를 산출하는데 △육·해·공 각군 장비의 규모 △인구 △가용 병력 △예비군 △석유 생산 및 소비량 △구매력평가(PPP) 등이 포함된다. 반면 핵무기 숫자는 배제되며, 각국의 정치적 상황이나 군 지휘부의 리더십도 평가에 포함되지 않았다고 GFP는 설명했다.

올해 2단계나 상승한 일본은 특히 해군 전력 분야에서 높게 평가됐다. 헬기모함을 포함한 항공모함 부분에서 미국, 이탈리아, 프랑스에 이어 4위를 차지했으며, 구축함 부분에선 미국에 이어 2위를 차지했다.

일본의 약진은 아베 신조(安倍晉三) 총리 집권 뒤 기존 '전수방위'(專守防衛) 원칙을 사실상 접고 '적극방위'로 전환한 게 영향을 미친 것으로 보인다.

한편 북한은 지난해와 마찬가지로 18위(0.3274)에 올랐다.

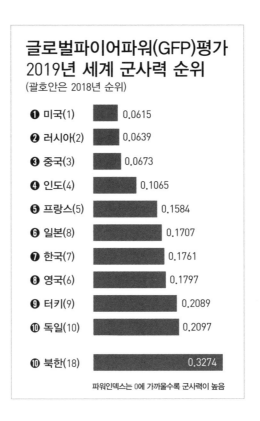

글로벌파이어파워(GFP)평가
2019년 세계 군사력 순위
(괄호안은 2018년 순위)

❶ 미국(1)   0.0615
❷ 러시아(2)   0.0639
❸ 중국(3)   0.0673
❹ 인도(4)   0.1065
❺ 프랑스(5)   0.1584
❻ 일본(8)   0.1707
❼ 한국(7)   0.1761
❽ 영국(6)   0.1797
❾ 터키(9)   0.2089
❿ 독일(10)   0.2097

⓫ 북한(18)   0.3274

파워인덱스는 0에 가까울수록 군사력이 높음

헌법의 영토 및 통일조항

1) 헌법의 영토 조항

- 한국의 현헌법 조항을 살펴보자

선제조치의 일환으로 우선 고려해 보아야 할 사안은 헌법의 영토조
항(대한민국 영토는 한반도와 그 부속 도서로 한다)과 4조의 통일조항
(대한민국은 통일을 지향하며 자유민주주의적 기본질서에 입각한 평
화적 통일정책을 수립하고 이를 추진한다)을 시대 상황에 맞게 개정을

검토하는 것이다. 사실 영토조항과 통일조항은 상호 모순적 측면이 있다. 영토 조항에서는 북한의 국가적 실체를 인정하지 않고 있지만 통일조항에서는 사실상 북한을 국가적 실체로 인정하고 있는 셈이다. 북한이 주권국가로서 유엔에 정식 가입함으로써 국제적으로도 두 국가적 실체가 공인되었다.

특히 통일조항은 자유민주적 질서에 의한 통일을 규정함으로써 흡수통일을 상정하고 있다.

우리나라 영토는 옛부터 우리 조상들이 살아왔고 현재 우리들이 살아가고 있으며 앞으로도 우리 후손들이 살아갈 땅이다. 한국 헌법 제3조는 "대한민국의영토는 한반도와 그 부속도서로 한다"고 규정하고 있다. 영토는 조약이나 매입, 정복 등을 통해 항상 변화의 개연성이 있기 때문이다.

미국의 경우 독립 당시에는 13개 주에 불과했으나, 정복과 매입 등을 통해 지금 현재는 50개 주로 확장되어 있다. 또한 부속 영토가 있다. 만일 미국의 헌법이 우리와 마찬가지로 영토의 범위를 규정해 놓았다면, 영토 규정만을 바꾸기 위해서라도 지금까지 37번의 헌법 개정을 했어야 했다. 또한 알래스카나 뉴멕시코와 같은 넓은 땅을 쉽게 매입하지 못했을 지도 모르며, 지금과 같은 미국의 확장은 불가능했을 수 있다.

그런데 우리나라의 헌법이 이처럼 엄격하게 영토의 범위를 규정하고 있는 것은 북한 지역이 우리의 영토라는 사실을 천명하기 위한 의도로 이해할수 있다. 그러나 이 헌법 3조가 미래의 우리 영토의 범위를 한정하고 있을 뿐만 아니라 이러한 헌법 하에서는 고토 회복 등의 적극적인 의미를 부여하기는 매우 어렵다. 만약 러시아가 경제 사정이 좋지 않아 연해주를 한국에 매각한다고 했을 경우, 우리는 연해주 매입에 앞서 먼저 헌법을 고쳐야 한다. 그리고 남태평양에서 무인도를 발견했을 때, 우리는 그 섬을 우리의 영토로 만들지 못한다. 물론 이러한 엄격한 영토 규정은 방어적인 의미는 가질 수 있을 것이다. 즉 외부 세력에 의한 영토 축소의 위협이 발생했을 때, 이 헌법 조항은 유력한 대항 자료로 '이용될 수 있을 것이다. 수많은 외적의 침입과 식민지까지 겪은 역사적 경험이 이러한 수동적인 헌법 조항을 잉태하게 했는지는 알 수 없다. 그러나 확장될 수 있는 경우도 고려해야 한다.

헌법 제3조는 우리의 영토 의식을 압록강과 두만강 이남으로 가두어 놓고 있다. 한국의 영토가 반드시 압록강과 두만강 이남으로 한정되어야 하는가에 대해서는 의문이 제기되고 있다. 역사적으로도 한국의 영토가 압록강과 두만강이남으로 한정된 경우보다는 그렇지 않은 시기가 더 많았다는 논거도 충분한 의의를 가지고 있다. 최근 한·중 간에 문제가 되고 있는 간도 영유권을 보더라도 이는 자명하다. 간도는 두만강 북쪽 대안 지역을 가리킨다. 이곳은 이전까지 만 해도 우리의 유력한 영토였으며, 지금도 그 가능성은 남아 있다.

물론 그렇다고 헌법에 팽창주의적으로 영토를 확장하자는 것은 결코 아니다. 단지 불필요한 내용을 헌법에 단정함으로써 우리의 영토 의식을 스스로 축소시킬 필요는 없다는 의미이다.

결론적으로 헌법 3조는 삭제하거나, 굳이 영토 조항이 필요하다면, 상해임시정부의 임시헌장 제2조 "대한민국의 강토는 대한의 고유한 판도로, 또는 남한 및 미 수복지역(새로 추가된 땅)으로 한다."는 정도로 표기하는 것이 바람직하다.

간도지역은 우리민족의 고토이고 우리민족의 혼이 잠재여 있는 우리 땅 간도 영토를 회복하기 위해 간도 관련 자료 수집과 연구로 중국정부에 간도는 우리 땅이라고 천명하여야 될 것이다.

2백만 조선족 동포가 본래는 우리 땅에 살면서도 이방인으로 살며 조국을 그리고 있다. 또한 1860년 우리의 영토인 연해주를 청·러 북경조약으로 러시아에 넘겨주었는데 불평등 조약이므로 그때 러시아가 할양 받았던 연해주 영토를 한국에 반환할 것을 러시아 정부에 천명하여야 한다.

우리 헌법에서 우리 영토 범위를 확대시키면 오대양을 다니던 우리 군함, 상선들이 공해상에서 솟아오른 영토를 발견했을때 우리것으로 만들수도 있을 것이다.

최근 인도네시아에서 발생한 사건이다.

대규모 붕괴를 일으켜 높이 5m의 쓰나미를 유발했던 인도네시아 순다해협의 화산섬에서 바다에 가라앉았던 땅이 다시 해수면 위로 솟아오르는 현상이 관찰되고 있다.

인도네시아 국가재난방지청(VBNPB)의 대변인은 13일 트위터를 통해 "아낙 클가카나우 화산의 형태 변화가 매우 빠르다" 밝혔다.

그는 "지난달 22일 발생한 대규모 붕괴는 (아낙 크라카타우의) 분화구가 해수면 아래에 잠기는 결과를 초래했지만, 이달 9일에는 침몰했던 섬서남서쪽 지역이 다시 바다위로 솟아난 것을 확인할 수 있었다"고 말했다. 이에 따라 아낙 크라카타우 화산 중앙에는 그 전까지는 볼 수 없었던 원형의 칼데라 호수가 형성됐다. 물론 이 예는 영해 상에서 일어난 현상이다.

2) 헌법의 통일 조항

  우리 헌법의 제 4조 통일 조항 '대한민국은 통일을 지향하며 자유 민주주의적 기본 질서에 의한 평화적 통일 정책을 수립하고 이를 추진한다'을 시대 상황에 맞게 개정을 검토해야 한다.

  헌법 4조는 문재인 정부의 대북 정책과 상치되며 흡수 통일을 지향하는 듯 보인다.

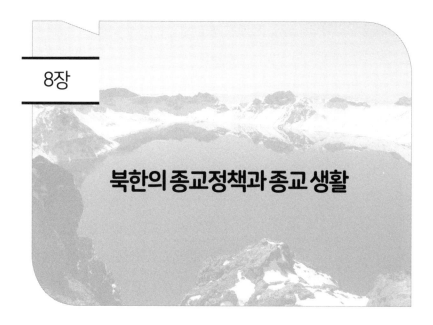

8장

북한의 종교정책과 종교 생활

북한의 종교정책과 종교 생활

8-1 / 북한의 종교정책의 기본

　해방 직후의 정권수립기인 1948년의 조선민주주의 인민공화국 헌법에서 공민은 신앙 및 종교의식 거행의 자유를 가진다고 하였지만, 1972년 사회주의헌법에서는 공민이 신앙의 자유와 함께 반종교 선전의 자유를 가진다고 규정함으로써 반종교 정책을 공공연히 펼쳤다. 그러다가 1980년대 초에 종교에 대한 완화정책을 실시하는 등 변화의 모습을 보여주고 있다.

　북한은 정권수립초기에는 신앙의 자유에 대한 헌법상의 규정에도 불구하고 한국전쟁의 발발로 인해 사상적인 통제를 강화하면서, 특히 서양의 종교인과 기독교는 미제의 반동적 산물로 규정하여 탄압하기 시작하였다. 결국 모든 종교는 미신과도 같아서 그것을 믿는 자는 계급 의식이 마비되고 혁명하려는 의욕이 없어지는 일종의 아편에 지나지 않다고 규정하게 되었고, 이에 따라 전쟁이 끝날 무렵 이후에는 모든 종교단체와 종교의식이 북한에서 사라지거나 지하로 잠적하게 되었다.

그러다 1972년 남북대화가 시작되면서 대외적인 이미지 때문에 신앙의 자유를 전면적으로 부정하지 못한 채 앞서 말한 반종교 선전의 자유를 신앙의 자유에 덧 부침으로서 애매한 표현으로 종교를 억압하였던 것이다. 한편 이때 평양신학원이 세워지고, 없어졌던 종교단체들이 활동을 다시 시작함으로써 북한에도 종교가 있고 종교의식이 행해진다는 것을 대외적으로 선전하였다.

또한 각종 종교단체의 명의로 대남성명서를 발표하는 등 정치적 활동을 전개하게 하는 한편 1980년대 들어서면서 종교인들의 해외순방이나 국제회의에 참석을 통해 북한에서의 종교의 자유가 있다고 표방하였지만 정치적 의도에 따른 관변 종교 단체가 대부분이었다. 이러한 북한종교의 건재함에 대한 대외적인 선전은 성경이 번역 발간, 불교경전 해체 출간, 남한 및 해외 종교인의 방북 허용, 사찰의 보수와 교회 및 성당의 건립 등의 일련의 조치들을 통해서도 나타났다.

북한의 종교정책의 변화된 모습은 1992년에 새롭게 발간된 북한의 '조선말대사전 2'를 통해 잘 알 수 있다. 여기서 '조선말대사전 2'는 이전의 사전에 나타났던 반종교적 문구와 해설을 모두 삭제하고 비교적 정확하게 종교관련 용어들을 설명하고 있는데 다음의 표가 이를 잘 보여주고 있다.

한 가지 주목해야 할 것은 사회주의의 종교에 대한 강한 거부감에도 불구하고 북한주민들은 점이나 푸닥거리 등은 토속적인 풍습으로 받아들이고 있다는 사실이다.

심각한 생활고나 집안의 불상사, 자녀의 질병 등의 경우 점에 의존하는 경향이 있으며 최근에 극한 경제난으로인해 의존하는 사람들의 숫자가 늘어나 1995년까지는 1개 시나 군에 30여 명 정도의 점쟁이가 있었지만 최근에는 100여 명으로 증가하였다고 한다.

표8-1 종교 관련 용어 해석 변환 비교

구분	현대조선말 사전 1981년판	조선말대사전 1992년판	조선대백과사전 2000년판
기독교	낡은 사회의 사회적 불평등과 착취를 가리우고 합리화하며 허황한 천당을 미끼로 하여 지배계급에게 순종할 것을 설교	교회의 주되는 이념은 평등과 박애이다. 그리스도의 교훈을 잘 지키면 천당에 간다고 설교	신의 아들이라는 예수를 크리스트로 내세우고 그에 의한 인류의 구제를 설교하는 종교
교회	종교의 탈을 쓰고 인민들을 착취하도록 반동적 사상, 독소를 퍼뜨리는 거점의 하나	기독교에서 여러 가지 종교적 의식을 하고 사람들에게 기독교를 믿도록 선전하기 위하여 지은 건물	종교를 믿는 신자들이 예배, 세례, 성찬과 같은 예식을 진행하는 집합 장소
성경	예수교의 허위적이며 기만적인 교리를 적은 책	주로 기독교에서 종교의 교리를 적은 책	
불교	죽어서 극락세계로 가기 위해서는 현실세계에서의 모든 고충을 참고 견디어야 한다는 노예적인 굴종사상과 무저항주의를 설교	인간을 고뇌에수 해방하며 자비심을 베푸는 것을 이념으로 하고 속세를 떠나 도를 잘 닦으면 극락세계에 이른다고 설교	고통이 인간의 삶의 본질이므로 온갖 집착을 버리고 지향을 억제하며 정신수양을 통해 모든 것을 해탈하고 열반에 도달해야 한다고 설교

해방 해방 당시 북한종교의 실태와 활동을 말해주는 1950년간 조선
중앙연감에 따르면 북한에는 천교도가 약 150만명, 불교도가 약 37만 5
천 명, 개신교도가 약 20만 명, 천주교도가 약 5만 7천 명으로 총 200만
여 명이 종교를 갖고 있었던 것으로 되어 있다. 종교시설 또한 천도교
교당 99개, 사찰 518개, 교회 약 2000 여 개, 천주교 4개 등이 있었다.

이 숫자는 당시 북한 전체 인구의 22.2%나 차지하였던 것이었지만
그 후 한국전쟁과 종교탄압정책이 심화되어 대부분의 종교인들은 월남
을 하거나 배교함으로써 거의 사라진 것으로 여겨진다.

현재 북한에 존재하는 종교단체는 '조선불교도연맹', '조선그리스도
교연맹', '조선가톨릭교협회', '조선천도교회 중앙지도위원회'와 이들
종교단체의 협의체인 '조선종교인협의회'가 있는데 '조선종교인협의
회'는 1989년 5월 30일 결성되었으며 종교적 차원의 남북대화 및 통일
논의 등을 통한 대남선전과 국제적 연대성 강화를 위한 창구 역할을 주
로 하기 위해 설립되었다.

대표적 종교는 불교와 천도교 그리고 천주교와 기독교가 있는데 각
실태 및 활동은 다음과 같다.

1) 불교

가장 오래된 종교 중의 하나인 불교는 1945년 12월에 '북조선 불교
도 연맹'에 결성되었었다. 하지만 1965년 말에 이르러서는 종교말살 정
책으로 사라지게 되었다가 1972년에 다시 '조선불교도 연맹중앙위원

회'라는 이름으로 활동을 시작하였다.

북한은 부정적으로 불교를 그려왔기에 북한정권 수립 이후에 대부분의 북한 불교사찰은 관광지나 휴양소로 바뀌었다. 그러나 1988년부터 성도절, 일반절, 석탈절 등이 열리고 있으며 1989년 숭려 양성을 위한 불교학원도 설립되었다. 북한에서는 스님이라는 용어 대신아 '중'이나 '중님' 아니면 '중선생'이라고 부른다.

2002년 12월에는 전국 각지의 사찰 59개의 대한 전면적 단청사업을 추진하는 등 최근 북한에서 불교는 여타 종교 보다 비교적 활발한 복원 움직임을 보이고 있다.

2) 천도교

북한에서의 천도교는 해방 당시부터 그 조직과 세력이 매우 큰 종교단체였으며 민족종교로서 가장 많은 수의 신도수를 자랑하였다. 그러나 다른 종교와 마찬가지로 반종교정책에 의해 1950 ~ 1960 년대 들어 '반종교 자유'라는 말의 명분을 내세우면서 탄압하고 말살하는 단계적 조치를 당하게 되었다. 1990년대 들어 이러한 부정적 태도는 다소 완화되어 1992년 사회과학출판자가 펴낸 '조선말대사전'에서는 천도교를 "우리나라 종교의 하나인 동학을 갑오농민전쟁 이후 시기에 고쳐 이름 지은 것"이라고 정의하며 '사람이 곧 한을'이라는 것을 기본 교리로 내세우고 '보국안민'의 지향 밑에 '지상천국'을 건설할 것을 주장한다고 설명하고 있다. 따라서 천도교는 북한에서 민족종교로 인식되어 신도수와 교당이 다른 종교에 비하여 많은 편이다.

천도교는 1946년 3월에 '북조선 천도교 청우당'의 이름으로 종교자체의 순수한 목적과는 관계없이 정치선전적인 기능을 수행하였다. 이후 남북대화가 시작되 70년대의 1974년 2월 청우당이라는 정당이 만들어져 1986년에는 남한의 천도교 교령이었다가 미국을 통해 월북한 최덕신이 위원장직을 맡기도 하였다.

3) 기독교

타종교와 마찬가지로 60년대 말까지 자취를 감추었던 기독교는 '조선기독교도연맹'이 세계기독교협의회에 가입하면서 활발한 해외활동을 전개하기로 시작하였다. 그러나 북한에서 가장 많은 탄압을 받은 종교는 기독교라고 할 수 있다.

과거 북한에서의 기독교는 피착취 근로대중의 해방투쟁을 말살하고 착취제도를 영구화하기 위한 착취계급의 정신적 무기에 지나지 않으며 봉건적 착취와 위계제도를 신성화하는 정신적 수단이자 온갖 선진사상과 과학의 흉악한 원수에 지나지 않았던 종교로 간주되었다.

또한 북한은 기독교를 미국과 연계시켜 극력 비판하였는데 미국은 18세기부터 선교사들을 침략의 앞잡이로 내세워 조선인민들에게 종교적 무저항주의, 숭미사상을 불어넣음으로써 침략의 기반을 닦았다는 것이다.

그러나 1972년 남북공동성명 발표 이후 남북회담과 상호방문이 활발해지기를 북한은 1972년 3년제 평양신학원을 설립하고 매년 10여 명의 학생을 입학시키고 있다고 한다. 또한 1989년에는 '김일성종합대학'에 종교학과가 개설되어 신학도 강의되고 있다.

1988년에는 평양에 봉수교회가 그리고 1989년에는 칠골교회가 신축되었을뿐만 아니라 2003년에는 러시아정교회 사원이 착공되기도 하였으며 러시아정교회 종사자 양성을 위해 모스크바 신학교에 유학생을 보내기도 하였다.

4) 천주교

공식적으로 북한에서 천주교는 북한 정권 수립 초기에 토지개혁과 더불어 전멸되었있었다. 그러다가 1988년 6월 30일 '조선천주교인협회'가 결성되면서 다시 살아나기 시작하였는데 한 가지 특이한 것은 북한 국어사전이 천주교를 기독교나 불교와 같이 부정적이고 적대적인 비방과 비난으로 소개하지 않고 상당히 우호적으로 적고 있다는 것이다. 이것은 1980년대부터 이루어진 남북 간의 종교 교류에 있어서 개신교 목사들보다도 천주교 신부들을 쉽게 받아들였던 북한의 정책을 통해서도 잘 나타나고 있다. 예컨대 1987년 6월 평양에서 개최된 비동맹 특별각료회의에 서울대교구 사목연구실장 장익 신부가 바티칸 대표단의 일원으로 참석하게 된 것이 북한이 천주교에 대한 관심의 구체적으로 나타낸 계기였다.

북한은 1990년대 이후 미국의 선교단체들을 평양에 초청하는 등 서방국가와 종교단체들과 접촉을 적극적으로 실행하고, 식량난에 따른 구호물자 지원을 받기 위하여 남한의 종교단체와도 접촉을 하여 이들을 평양에 초청하여 탈북자 돕기 종교집회를 개최하였으며, 2003년 3월에는 북측 종교인 105명이 적물을 방문하여 남한 종교인들과 '3.1 민족대회'를 갖는 등 대외적인 종교 활동을 활발히 하고 있다. 그러나 이러한 활동은 국제정세의 변화와 경제적 필요에 의하여 종교단체를 이용하는 것 일뿐 북한주민의 종교자유와는 관계 없는 것으로 보인다.

북한은 대외적으로 종교의 자유를 허용하고 있는 것처럼 보이기 위해 헌법에 종교 활동의 자유를 명시하였지만, 실제로는 주민들의 자유로운 종교 생활을 통제하고 있다.

평양의 교회, 성당, 그리고 사찰의 성직자들도 당과 국가의 간부들로서 건물 관리인에 가깝다고 할 수 있다. 아직까지 북한 사회에서 진정한 의미의 종교 활동은 불가능하다.

조선그리스도교연맹 중앙위원회가 운영하는 교직자 양성기관 재일본조선인총연합회(총련) 기관지인 월간 [조국](2004년 8월호)에 따르면, 신학원은 1972년 9월 3년제로 개원했으며 2000년 9월 5년 학제로 개편됐다. 교육에 필요한 도서는 재미교포인 홍동근 목사와 남한 및 해외의 유명 교직자들로부터 기증 받은 것을 이용하고 있다고 한다. 학생들은 재학기간 봉수 · 칠골교회에 나가 참관하거나 실습을 하기도 한다. 신학원을 졸업하면 전도사의 자격을 받고 연맹에서 교직자로 활동한다고 한다.

김일성 주석은 외가 쪽을 통해 어린 시절 개신교의 영향을 많이 받았다는 것은 유명한 이야기이다. 김일성 주석은 미국 목사들을 북한으로 초청해 직접 만나기도 했다. 한 목사가 북한을 방문해 김일성 주석의 별장에 초대되어 같이 밥을 먹는데 김일성 주석이 "목사님, 식전 기도를 해 주십시오"라고 해 기도를 했다는 이야기를 들은 기억이 있다. 김일성 주석의 외할아버지인 강돈욱 장로의 6촌 동생인 강양욱 목사는 조선그리스도교연맹 초대 위원장으로 일했으며, 부주석 자리까지 오르기도 했다. 그의 아들인 강영섭 목사는 조선그리스도교연맹 제3대 위원장을 지냈는데, 그가 2012년 세상을 떠난 뒤에는 그의 아들인 강명철 목사가 제4대 위원장으로 일하고 있다.

주체사상과 통일교의 관계를 살펴보는 것도 흥미로운 대목이다. 문선명이 세운 통일교회와 김일성 주석이 창시한 '주체종교'가 많은 부분 굉장히 비슷하다. 주체사상과 통일교는 한민족의 우월성, 선민의식을 강조한다. 특히 북한에서 이야기하는 민족주의는 경제적 문제가 아니라 다분히 신학적이고 철학적인 관점에 입각해 있다. 통일교 교주 문선명은 생전에 여러 차례 평양을 방문해 김일성 주석을 만났는데, 두 사람의 맥이 통한 것은 바로 조선 민족의 우월성이었다. 김일성 주석은 생전에 통일교가 한민족의 우월성을 강조하고 외국에 널리 전파하는 것을 긍정적으로 평가했다. 문선명 역시 주체사상의 민족 우월주의적 성격을 나쁘지 않게 보았다고 한다.

1991년 김일성 주석과 문선명이 평양에서 만날 당시 문선명은 순금

으로 만든 대형 한반도 지도를 김일석 주석 에게 선물했다고 한다. 조선
노동당 관계자에게 듣기로는 당시 회담 분위기가 화기애애했다고 한
다. 이처럼 김일성 주석과 문선명으로 시작된 북한과 통일교의 관계가
오늘날까지 이어지고 있다. 김대중-김정일 정상회담 당시 통일교가 다
리를 놓았다는 이야기가 있는데 충분히 가능한 이야기이다. 2012년 문
선명이 죽었을 때 김정은 국무위원장 명의로 화환을 보내기도 했고, 평
양 시내 보통강 호텔 바로 옆에는 김일성 주석이 교회 설립을 허용해 주
어 통일교회도 자리하고 있다. 그곳에 상주하는 통일교 사람들은 영어
도 가르치며 통일교 전파를 위해 노력하고 있다. 또한 보통강 호텔도 통
일교에서 개축확대했으며 통일교가 중심이 되어 투자해 만든 평화자동
차도 있다.

8-6 / 김일성 '가짜'론

우리 역사에 실제 했던 인물 가운데 그의 경력이 과장되거나 왜곡되
어 알려져 있는 경우는 드물지 않다. 김일성에 대해서는 많은 남한 사람
들이 그의 과거를 의심하고 있다. 특히 그가 전개한 '항일유격투쟁'에
대해서는 아직도 상당수 사람들이 전면적으로 부정하고 있다. 필자도
고교시절까지 그렇게 생각했다. 그들은 오랫동안 우리사회의 통설로
자리 잡았던 "김일성은 만주에서 항일 유격 투쟁을 전개한 전설적인 영
웅 김일성 장군의 이름을 도용한 가짜"라는 믿음을 가지고 있다. 반면
에 북한에서 그는 신의 위치로까지 올라갔다. 그는 암흑기인 1930~40

년대에 독자적으로 '조선인민혁명군'을 만들어 일제에 대항했으며 1945년 8월에는 일제를 격파하고 조국을 해방시킨 '불세출의 영웅'으로 선전된다.

그렇다면 진실은 무엇일까? 김일성은 남한에서 생각하는 것처럼 '가짜'가 아니다. 그는 분명히 1931년부터 1940년 10월까지 만주에서 일제에 대항해서 '항일유격투쟁'을 전개했던 인물로 그 후 소련으로 피해 있으면서도 만주 지방과 조선북부 지방으로 계속 정찰대를 파견하는 등 항일활동을 지속했다. 그렇다고 그가 북한에서 주장하는 것처럼 '조국을 해방시킨 은인'도 아니다. 그는 북한이 주장하는 것처럼 조선인들로만 이루어진 독자적인 부대를 지휘하고 있었던 것이 아니라 중국공산당 지휘계통의 조중연합 항일부대를 지휘하고 있었다. 그리고 그를 항일시기 유일지도자로 부각시키는 북한의 설명과 달리 당시 최용건, 김책, 전광, 현형식 등 그와 비슷하거나 보다 높은 지위에서 항일부대를 이끌던 조선인 공산주의자들도 여럿 있었다.

남한사회에 '가짜 김일성론'은 널리 퍼져 있지만 정작 '가짜 김일성론'을 주장하고 이를 체계화한 학자는 매우 적다. 독보적으로 이를 체계화한 이가 고 이명영 교수다. 오늘날 우리 사회의 '가짜 김일성론'은 이명영 교수의 연구에 기반을 두었다.

이명영 교수는 두 가지 방향에서 김일성 연구를 진행했다. 첫째 방향은 전설적인 김일성 장군의 정체를 밝히는 것이었다. 이 교수가 북한의 김일성이 가짜라는 것을 입증하기 위해서는 무엇보다도 '북한의 김일성'과 다른 진짜 김일성 장군이 만주벌판에 존재했다는 것을 규명하는 것이 중요했다. 그는 1920년대 전반까지 몇 명의 전설적인 김일성 장군이 존재했음을 확인했다고 주장했다. 그러나 이를 뒷받침할만한 문헌을 자료로 제시하지는 못했다.

이 교수의 두번째 연구방향은 1930년대 만주에서 활동하던 항일유격대 내에 '북한의 김일성'과는 전혀 다른 유격대장 김일성이 있었음을 증명하는 것이었다. 다시 말해서 1920년대까지 만주에서 전설적인 김일성 장군이 존재했고 1930년대에는 그의 이름을 딴 유격대장 김일성이 있었는데, 이사람은 '북한의 김일성'과는 전혀 다른 인물이라고 보는 것이다.

'북한의 김일성'과 다른 인물인 것처럼 의도적인 갈아치기를 해서 '가짜 김일성론'을 완성시켰다. 그의 주장과 달리 1930년 이후 만주의 관헌자료에 나오는 김일성, 김성주는 모두 김성재인 북한의 김일성을 가리키는 것이다. 1930년대 일제치하의 만주에서 항일운동을 하기 위해서는 본명을 숨기고 가명을 쓰는 것이 보편화되어 있었으며, 일제는 항일운동가들을 소탕하기 위해 이들에 대한 정보 수집에 열을 올리고 있었다.

사실 '가짜 김일성론'의 오류는 일제 관헌자료나 관련 문헌들을 조금만 세밀히 살펴보아도 알 수 있다. 그 증거를 제시해보도록 하겠다.

첫째, 이 교수는 '북한의 김일성'이 '진짜'인 1대, 2대 김일성과 전혀 다른 인물임을 밝히기 위해서 그가 '평안남도 대동군 고평면 남리' 출생이라는 사실을 공들여 밝혀냈다.

김일성과 고락을 같이했던 항일유격대원들을 고문해서 얻어낸 정보자료에 등장하는 김일성은 '북한의 김일성'의 신원과 정확히 일치한다. 이명영 교수는 이 문헌을 간과하고 지나침으로써 '가짜 김일성'론을 완성시킬 수 있었다.

둘째, 이명영 교수가 1대 김일성과 '북한의 김일성'을 구분하기 위해 고수했던 '북한의 김일성'의 분명 1대 김일성의 본명이라는 주장도 일제관헌자료에 의해서 허구로 밝혀졌다. 앞에서 인용한 [사상휘보]에서도 북한 김일성의 본명이 김일성이라고 밝히고 있지만, 그는 1930년에 보고된 만주의 일제 첩보자료에도 김일성으로 등장한다.

셋째, 이명영 교수가 주장하는 이른바 '김일성 혁명론'도 항일운동의 현장을 공부한 이들이 볼 때 말이 안되는 것이다. 이 교수는 김일성이나 2012년 현재 북한 인민군 총정치국장인 최용해의 아버지인 또 다른 유격대 지도자 최현이 죽었을 때 그들의 이름을 따서 제 2대 김일성, 제 2대 최현이 출현했다고 주장했다. 그러나 '항일유격투쟁'기간 중 중국공산당 지도자들은 말할 것도 없고 조선인 지도자 중에서도 이홍광, 이동광 등 김일성이나 최현을 능가하는 뛰어난 지도자들이 무수하게 죽어갔다. 그러나 그들이 전사했을 때 그들의 이름을 따서 제2회 이홍광, 제 2의 이동광이 출현하지는 않았다. 항일운동 기간 중 가망있는 중국인 지도자들이 수없이 죽어갔지만 오늘날 중국문헌 어디에서도 죽은 이의 이름을 딴 제2의 인물이 출현했다는 기록은 없다. 그렇다면 유독 김일성과 최현만이 죽었을 때 그들을 대신할 제 2의 김일성, 제2의 최현이 나올 수 있을 것일까?

넷째, 1990년대 이후 중국정부가 만주에서 공산주의자들이 전개한 항일운동관련 기록을 65권의 자료집으로 발간했는데, 여기에는 '북한의 김일성'과 관련된 기록도 그대로 실렸다. 동북항일연군 제1로군 제2방면 군장인 김일성이 그의 부인 김정숙 등 일군의 유격대를 이끌고

1940년 10월에 소민국경을 넘어 소련 땅으로 들어간 기록도 실려있다. 뿐만 아니라 중국에서 출판되는 만주항일운동 관련 문헌에는 부한의 김일성과 관련한 활동내용이 숱하게 실려 있다. 물론 이 기록과 문헌들 속에서 '항일유격대 지도 김일성'은 '북한의 김일성'이 유일하다. 이밖에도 1990년대까지만 해도 북한의 김일성과 함께 항일무장투쟁을 전개했던 중국인들이 적잖게 생존해 있었다. 이들 중 상당수가 회고록을 남겼는데, 거기에는 북한의 김일성과 함께 활동했던 사람들에 관한 서술도 등장한다. 결론적으로 일제 관헌자료에 나타나는 김일성은 모두 '북한의 김일성'한 사람을 가리키는 것이다. 이렇게 보면 복잡할 것도 없다. 이명영 교수가 한명의 김일성을 '가짜 김일성'을 만들어 내기 위해 억지로 3명으로 분리시키면서 만주 '항일유격투쟁'에서 김일성 신원을 확인하는 일이 마치 난해한 작업인 양 둔갑한 것이다.

김일성은 일제가 파헤친 대로 평안남도 대동군 고평명 남리(현재의 만경대)에서 1912년 4월 15일 아버지 김형직과 어머니 강반석 사이에서 3형제의 장남으로 태어났다.

얼마전까지만 해도 우리에게 김일성은 학문적 연구 대상이 될 수 없었다. 분단상황에서 적대 세력의 '수괴'인 김일성에 대해서 설령 일제식민지 시기의 활동이었다 하더라도 긍정적으로 묘사하는 것은 터부시됐다. 지금 보면 황당하기 짝이 없는 '가짜 김일성론'이 학계에서조차 받아들여진 데는 이러한 분위기가 작용했다. 그러나 1980년대 말부터 국내외의 김일성 연구에 새로운 전기가 마련되기 시작했다. 김일성과 관련한 일제 관련자료가 연구자들 사이에 공유되면서 한국과 일본에서 이 분야의 연구가 진전되고, 개혁개방의 파고를 틈타 중국에서 자료가 발굴되고 실사구시적 연구가 잇따라 선을 보였다. 이를 계기로 점차 우리 사회에 횡행하던 '가짜 김일성론'의 허구도 드러나게 되었다.

그런데 남한학계의 김일성 연구가 '가짜 김일성'이라는 유령에 매달리면서 진실을 보지 못한 것과는 정반대로 북한학계에서는 그의 활동을 '신화화'함으로써 역사적 사실을 지나치게 과장하고 왜곡해왔다.

인용 및 참고 문헌

- 김진항, 개성공단 사람들, 내일을 여는 책, 2016

- 남북문제 연구소, 알기 쉬운 통일 문답, 남북문제연구소, 2005

- 민주평통, 18기 평통 자문 위원 안내선 2018

- 민주평통, 통일시대 2017 - 2018

- 민화협, 민족화해, 2019 - 2019

- 박한식, 선을 넘어 생각한다. 부키, 2018

- 이재봉, 이재봉의 법정 증언, 들역, 2015

- 이철환, 양극화와 갈등 그리고 행복, 다락방, 2017

- 이종석, 통일을 보는 눈, 개마고원 , 2018

- 차종환의 통일 관련 문답, 민주평통 시기역협의힘 , 2009

- 태영호, 태영호의 증언, 3층 대기실의 암호, 거파랑, 2018

- 통일분 알기 쉽게 풀어 쓴 통일이야기, 통일부 통일교육원, 2006

- 통일분 통일 백서, 통일분 2018

- 통일분 시사 통일교육 자료, 통일부 통일 교육원, 2009

- 통일분 통일문답, 통일 교육원, 2003

- 통일분 통일 문제 이해, 통일 교육원, 2017

• 개성공단 추진 연혁

개성공단은 남북이 합의하여 북측 지역인 개성시 봉동리 일대에 개발한 공업단지이다. 2003년 6월 개성공단이 시작됐으며, 개성공단 조성은 남측의 자본과 기술, 북측의 토지인력이 결합하여 남북교류협력의 새로운 장을 마련하였다. 그러나, 2016년 2월 10일 우리 정부가 전면 중단을 선언한 이래 폐쇄됐다.

• 골드만삭스(The Goldman Sachs Group, inc.)

국제 금융시장을 주도하는 대표적인 투자은행 겸 증권회사이다.

• 공공외교(Public Diplomacy)

정부만이 아니라 시민사회가 외교 상대국이나 국제사회의 정부와 시민들을 상대로 벌이는 외교 행위이다. 정부만이 아니라 시민이 외교의 주체가 됨에 따라 힘의 행사보다는 설득과 협력을 중시하고, 외교의 비밀주의나 엘리트주의에 반대하며, 보편적인 규범과 가치, 국가의 품격, 시민사회의 민주적 참여를 강조하는 경향이 있다.

• 9.19 평양공동성명, 2018

남한 문재인 대통령과 북한 김정은 국무위원장이 2018년 9월 19일 3차 정상회담을 가진 후 채택한 공동성명이다. 남과 북은 △한반도를 핵무기와 핵 위협이 없는 평화의 터전으로 만들어 나갈 것, △비무장 위험 제거와 근본적인 적대관계 해소로 이어나갈 것, △이를 위해 〈판문점선언 군사분야 이행합의서를 채택하고 〈남북군사공동위원회〉를 설치할 것을 합의했다.

또한 북한은 △유관국 전문가들의 참관 하에 동창리 엔진시험장과 미사일 발사대를 우선 영구적으로 폐기하고 미국이 상응조치를 취하면 영변 핵시설을 영구적으로 폐기할 것을 약속하였다.

• 군산복합체

미국에 군산복합체가 있다. 군산복합체는 미국의 군부와 군수업체, 의회의 상호의존적 결탁 체제이다. 이는 이익 공동체인 동시에 담론 공동체라고 할 수 있다. 군산복합체를 모르면 결코 미국의 외교정책, 특히 대북정책을 이해할 수 없다. 군산복합체는 미국을 좌지우지 한다. 돈이 미국을 움직이고 그 돈은 총칼에서 나온다. 제 2차 세계대전을 거치며 싹이 트기 시작한 군산복합체는 냉전과 한국전쟁을 지나며 미국 사회에서 확고하게 뿌리를 내렸다.

군산복합체라는 말은 드와이트 아이젠하워 Dwight Eisenhower 대통령이 1961년 1월 17일 퇴임 연설에서 처음 언급했다. 아이젠하워 대통령은 "우리는 군산복합체에 의한 승인 받지 않은 영향력을 방어해야 한다. 잘못된 권력이 부상할 가능성은 현재에도 있고 앞으로도 계속 있을 것이다. 우리는 군산복합체의 압박이 우리의 자유와 민주주의의 과정을 위험에 처하게 놓아두어서는 안 된다"라고 경고하며, "오직 깨어있고 총명한 시민만이 군산복합체를 몰아내고 안보와 자유가 공존하는 평화로운 수단과 목적을 지킬 수 있을 것"이라고 강조했다.

• 남북간 주요 합의서

＊1972(박정희 정부), 7.4 남북공동성명

박정희 대통령 재임기간 중인 1972년 7월 4일, 서울과 평양에서 동시 발표된 최초의 남북합 의문이다. 남한의 이후락 중앙정보부장과 북한의 김영주 당조직지도부장 및 박성철 제2부수 상의 비밀교섭을 통해 합의되었다. 통일의 3대 원칙으로 자주, 평화, 민족대단결을 천명하고, 남북간 상호 실체를 인정하여 상호 중상, 비방 및 무장도발을 중단하기로 하고 남북관계를 협의하기 위해 남북조절위원회 등을 설치하기로 합의했다.

＊1991(노태우 정부), 남북 사이의 화해와 불가침 및 교류 · 협력에 관한 합의서

1991년 12월 13일 제 5차 남북고위급회담에서 남한 정원식 총리와 북한 연형묵 총리가 채택하고 서명했다. 합의서 전문에 남북관계를 나라와 나라 사이의 관계가 아닌 통일을 지향하는 특수관계로 규정하여 한반도의 분단을 현실로 인정하고 통일을 지향하는 노력이 민족의 과제임을 명시했다. 남북기본합의서는 남북화해, 남북불가침, 남북교류 · 협력 등 3개 분야에 관한 25개 조항으로 이루어져 있다. 남북화해와 관련하여 상호체제의 인정과 존중, 내정불간섭, 비방중지, 상대방에 대한 파괴 · 전복행위 금지, 정전상태의 평화상태로의 전환 등을 명시하고 있다

＊2000(김대중 정부), 6.15 공동선언

남한 김대중 대통령과 북한 김정일 위원장이 2000년 6월 13일~15일 역사상 첫 남북정상회 담 이후 발표한 공동선언이다. 주요골자는 △통일문제를 우리민족끼리 자주적으로 해결 △남측의 연합제안과 북측의 낮은 단계 연방제안의 공통성 인정하고 이 방향에서 통일을 지향 △인도적 문제의 조속한 해결 △경제협력(개성공단, 금강산 관광 등 포함)과 제반분야의 교류협력(개성공단, 금강산 관광 등 포함) △빠른 시일 안에 당국대화 개최 등 5개항이다.

＊2007(노무현 정부), 10.4선언

남한 노무현 대통령과 북한 김정일 위원장이 2007년 10월 2-4일 2차 남북정상회담을 개최한 후 발표한 남북관계 발전과 평화번영을 위한 선언'이다. 주요골자는 △6.15공동선언 고수 구현 △상호존중과 신뢰관계 공고화 △군사적 적대관계 종식과 서해공동어로수역 및 평화수역 조성 △한반도 지역의 종전선언을 위한 3자 또는 4자 협력 △인도적 문제의 조속한 해결 △서해평화협력특별지대, 개성공단 2단계, 조선 · 철도 협력 등 경제협력, △당국대화개최 등 8개항이다.

＊2018(문재인 정부), 4.27 판문점 선언

남한 문재인 대통령과 북한 김정은 국무위원장이 2018년 4월 27일 판문점에서 만나 채택한 남북 정상회담 선언이다 "한반도에 더 이상 전쟁은 없을 것이며 새로운 평화의 시대가 열리었음을 천명"한 이 선언은 △남북 관계의 전면적이며 획기적인 개선과 발전, △ 한반도에서 첨예한 군사적 긴장상태를 완화하고 전쟁 위험을 실질적으로 해소하기 위한 공동노력, △한반도의 항구적이며 공고한 평화체제 구축을 위한 협력과 이 과정에서의 완전한 비핵화 등을 주요골자로 하고 있다.

• 남북한 경제력 및 국방비 비교

구분		남한	북한	비교(배)
경제력	국내총생산(GDP) (2014 구매력평가 기준)	1조 6,800억 달러 (미 국무부 추정)	339억 달러 (미 국무부 추정)	49.6배
	명목국민총생산(GNI) (2014 구매력평가 기준)	1,568.4조원 (2014 구매력평가 기준)	34.5조원 (한국은행)	45.5배
국방비 투자	군사비 (2014년 기준)	373억 달러 (SIPRI 2016)	42억 달러 (미 국무부 추정)	8.9배
	군사비 누계 (2004~2014)	3,387억 달러 (미 국무부 추정)	430억 달러 (미 국무부 추정)	7.9배

출처 : 미국 국무부 World Military Expenditures and Arms Transfers(2016) SIPRI, Yearbook, 2016
한국은행, 남북한의 주요경제지표

• 남북경제협력

남한과 북한의 주민(법인, 단체 포함)이 공동으로 경제적 이익을 도모하는 사업 구체적으로 남북 주민간의 합작, 단독투자, 제3국과의 합작투자는 물론 북한주민의 고용, 용역제공 등을 포함한다.

• 남북관계 개선과 인도적 대북지원 촉구 결의안, 2012

2012년 9월 25일 정의화 국회의장이 발의하여 27일 국회본회의를 통과한 결의안이다. 이 결의안은 "2010년 천안함 침몰과 연평도 포격 사건으로 인하여 경색된 남북관계가 남북 간 상호비방 및 북한의 로켓 발사 등으로 악화일로를 걷고 있는데 깊은 유감을 표시"하고, 정부차원의 대북지원 및 민간교류의 중단으로 인하여 이산가족 상봉 등의 인도적 문제 해결이 지연되고, 식량 및 의약품 등의 부족 등 북한주민의 생존권과 기본적의 인권 보장에 심각 한 위기가 발생하고 있는 상황을 중대한 문제로 인식하면서, △정부와 북한당국 모두에 대하여 상호비방을 자제할 것을 촉구, △북한주민의 인권보장과 생활안정을 위해 대화와 협력에 적극 나설 것을 북한당국에 강력히 촉구, △한반도 평화증진 인도적 문제 해결, 북한에 대한 지원 등을 정부의 기본책무로 규정한 「남북관계 발전에 관한 법률」의 취지에 따라 정부가 남북교류의 활성화와 남북관계 개선을 위해 능동적인 자세를 취할 것을 촉구, △남북 간 대결구도를 완화하고 북한주민의 생존권을 보장하기 위해 민간의 인도적 대북지원을 적극 장려하고, 필요한 경우 정부차원의 직접지원도 전향적으로 검토할 것 을 촉구, △이산가족 상봉이 가까운 시일 내에 재개될 수 있도록 정부와 북한당국이 진정성을 가지고 조건 없는 대화에 나설 것을 촉구했다.

• 남북 화해와 불가침 및 교류·협력에 관한 합의서(이하 남북기본합의서)

1991년 12월 13일 제 5차 남북고위급회담에서 남한 정원식 총리와 북한 연형묵 총리가 채 택하고 서명했다. 합의서 전문에 남북관계를 나라와 나라 사이의 관계가 아닌 통일을 지향하는 특수관계로 규정하여 한반도의 분단을 현실로 인정하고 통일을 지향하는 노력이 민족의 과제임을 명시했다. 남북기본합의서는 남북화해, 남북불가침, 남북교류 · 협력 등 3개 분야에 관한 25개 조항으로 이루어져 있다. 남북화해와 관련하여 상호체제의 인정과 존중, 내정불간섭, 비방중지, 상대방에 대한 파괴전복행위 금지, 정전상태의 평화상태로의 전환 등을 명시하고 있다.

• 남한과 북한의 UN 가입

1991년 9월 17일 대한민국(Republic Of Korea)과 조선민주주의인민공화국(Democratic People's Republic of Korea)은 국제연합(UN)에 동시에 가입하여 각각 UN 회원국 자격을 확보했다.

• 남한 헌법과 북한 조선노동당 규약

대한민국 헌법 제4조는 "대한민국은 통일을 지향하며, 자유민주적 기본질서에 입각한 평화적 통일 정책을 수립하고 이를 추진한다"고 명시하고 있는 한편, 북한의 조선노동당 규약은 조선로동당의 당면목적은 공화국 북반부에서 사회주의 강성대국을 건설하며 전국적 범위에서 민족해방민주주의 혁명의 과업을 수행하는데 있다"고 명시하고 있다.

• 대륙간탄도(일(ICBM, Inter-Continental Ballistic Missile)

한 대륙에서 다른 대륙까지 쏠 수 있는 초장거리 탄도 미사일

• 리비아식 해법

먼저 핵포기를 선언하고 사찰을 받은 후에 미국이 이에 대한 보상을 제공하는 핵 폐기 방식 이다. 리비아는 2003년 12월19일 핵을 포함한 WMD(대량살상무기) 포기 선언을 하고, 한 달 만인 2004년 1월27일 핵 및 미사일 관련 물질과 서류 5만 5000파운드를 미국으로 반출했다. 이

에 미국은 2월26일 대리비아 여행금지조치를 해제함으로써 1차적 제재 완화 조치를 취했다.

3월10일 리비아는 IAEA(국제원자력기구) 안전조치를 강화한 검증장치인 추가의정서 (Additional Protocol)에 서명하고, 의정서 발효 이전이라도 동 의정서에 따른 사찰을 받겠다고 약속했다. 미국은 그 해 6월 28일 외교관계를 재개할 것임을 발표하고 리비아에 연락사무소를 개설했다.

• 모병제

본인의 지원에 의해 채용되는 직업군인들로 군대를 유지하는 병역제도를 말한다. 이와 반대 되 는 제도는 징병제이다.

• 미국의 독자적인 대북제재 조치

미국은 유엔안보리와 별도로 독자적인 대북 제재조치를 취하고 있다. 미국의 제재는 ① 〈애국법〉, 〈수출관리법〉, 〈무기수출통제법〉, 〈대북제재 및 정책 강화법〉 등에 따른 법률적 조치와 더불어 대통령의 행정명령이나 법안 시행규칙 등을 통해 대북제재를 강화해 왔다.

미국은 북한의 핵실험 이전부터 적성국교역법, 수출관리법, 무기수출통제법, 대외원조법, 애국 자법 등에 의거해 북한을 '테러지원국', '주요 자금세탁 우려 대상국'으로 지정하여 북한의 수출입, 금융거래, 국제금융기구 가입 등을 통제해왔다. 또한 〈수출관리법〉의 시행령인 〈수출관리령 (EAR)〉을 북한에 적용하여 각종 이중용도 기계설비를 북한에 반입하여 생산활동을 벌일 수 없도록 하고 다른 나라들의 지원도 규제해왔다.

미국은 또한 북한의 4차 핵실험 이후 제정한 〈대북 제재 및 정책 강화법〉(North Korea Sanctions and Policy Enhancement Act of 2016)을 통해 △대량살상무기 관련한 물품 거래의 금지, △특정 금속광물(귀금속, 흑연, 미가공 금속, 알루미늄, 철, 석탄 등)의 거래 금지, △자금세탁, 상품·화폐 위조, 현금 밀수, 마약 거래 등의 금지, △북한 정부·노동당 미국 내의 자산 동결, △안보리 제재 대상자 지원행위 제재, 북한 및 불법행위 관련 개인·기업 금융제재 등의 추가 대북제재를 법제화했다.

이어 2017년 8월에는 2016 대북 제재 및 정책 강화법 104조를 개정하여 △북한산 광물 거래, 섬유 식량·농수산물 구입 및 석유·석유제품 거래, 인터넷 상업 활동 제공, 어업권 구매, 교통·광업·에너지·금융서비스 관련 거래, 대량현금 전달 등과 관련한 개인 및 단체 제재 △북한과 관련하여 대리계좌로 북한과 지속 거래하는 외국금융기관, 달러를 이용한 타국 화폐 사이의 일시 환전, 결제를 위한 통신제공을 금지, △북한과 재래식 무기를 거래한 제3국에 대한 미국의 원조 금지, △북한 노동자를 해외에서 고용한 외국인의 미국 내 자산 동결 △북한 노동자가 제조에 참여한 물품의 미국 반입 금지 등의 제재조치를 추가했다.

• 북미 관계정상화 합의 : 북미 공동코뮤니케, 2000

북한 김정일 위원장의 특사인 국방위원회 제1부위원장 조명록 차수가 2000년 10월 9일부터 12일까지 미국을 방문하여 김정일 위원장의 친서를 빌 클린턴 미대통령에게 직접 전달한 후 매들린 올브라이트 국무장관과 윌리엄 코언 국방장관 등과 함께 발표한 북미 관계정상화 합의이다.

주요 내용은 △적대관계 종식, △자주권에 대한 호상존중과 내정불간섭, △제네바 기본합의문 의 원칙에 기초해 외교적 접촉을 정상적으로 유지, △호혜적인 경제협조와 교류, △북한의 장거리 미사일 실험 유예, △유해발굴, 인도지원 사업 등의 지속 추진, △테러를 반대하는 국제적 노력을 고무, △클린턴 대통령의 북한 방문 합의 등이다.

• 북한의 핵무기 실험과 장거리 로켓 실험

북한은 2006년 이래 총 6회(2006, 2009, 2013, 2016, 2016, 2017)의 핵무기 실험을 실시했다. 이 중 2017년 실험한 것은 수소폭탄의 일종으로 폭발력이 140kt 이상이었던 것으로 평가된다. 1kt은 TNT 1000톤의 파괴력을 의미한다. 참고로, 히로시마에 투하된 핵폭탄은 15kt 규모였다.

북한의 장거리 로켓 실험은 1998년에 최초로 진행되었고, 2006년, 2009년에 한 차례씩 진행된 후, 2012년 이후부터 2017년까지 집중적으로 이루어졌다. 북한은 2000년 10월 북미 관계개선을 위한 공동코뮤니케에서 장거리 미사일 발사실험 유예를 약속했었지만, 이 합의는 2000년 11월 부시행정부가 들어선 이후 미국에 의해 폐기되었다. 유엔 안전보장이사회는 2006년 7월 북한의 장거리 로켓 실험에 대한 안보리 결의 1695호 2006년 10월 1차 핵실험에 대한 안보리 결의 1718을 채택하여 규탄 및 제재를 가한다. 미사일을 포함해 로켓 개발과 발사 실험을 금지하는 국제법이나 국제협약은 아직 없다.

• 4.27 판문점 선언, 2018

남한 문재인 대통령과 북한 김정은 국무위원장이 2018년 4월 27일 판문점에서 만나 채택한 남북 정상회담 선언이다. 한반도에 더 이상 전쟁은 없을 것이며 새로운 평화의 시대가 열리었음을 천명한 이 선언은 △남북 관계의 전면적이며 획기적인 개선과 발전, △한반도에서 첨예한 군사적 긴장상태를 완화하고 전쟁 위험을 실질적으로 해소하기 위한 공동노력, △한반도의 항구적이며 공고한 평화체제 구축을 위한 협력과 이 과정에서의 완전한 비핵화 등을 주요골자로 하고 있다.

• 10.4선언

10.4선언은 남한 노무현 대통령과 북한 김정일 위원장이 2007년 10월 2-4일 2차 남북정상 회담을 개최한 후 발표한 남북관계 발전과 평화번영을 위한 선언이다. 주요골자는 △6.15공동선언 고수 구현 △상호존중과 신뢰관계 공고화 △군사적 적대관계 종식과 서해공동어로수역 및 평화수역 조성 △한반도 지역의 종전선언을 위한 3자 또는 4자 협력 △인도적 문제의 조속한 해결 △서해평화협력특별지대, 개성공단 2단계, 조선ㆍ철도 협력 등 경제협력, △당국대화개최 등 8개항이다.

• 상호주의(reciprocity)

국제관계에서 상호주의란 국가 혹은 외교 행위자 간에 같은 수준의 말이나 행동을 엄격히 일 대일(1:1)로 교환하는 것을 의미한다. 그러나 남북한의 상호주의는 엄격히 일대일을 적용하지 않았다.

• 악의 축과 정권교체

조지 W. 부시 미 대통령이 2002년 1월 발표한 연두교서에서 북한, 이란, 이라크를 대테러 전쟁을 통해 제거해야 할 3대 악의 축(Axis of Evil)으로 지목했다. 부시 대통령은 이들 3대 악의 축 국가들이 테러리즘을 지원하고 대량살상무기 개발을 추구하고 있어 군사적인 방식으로 정권교체(regime change)를 시도할 수 있다고 주장했다.

• 안보리스크

안보불안으로 외국인 투자 위축 및 감소, 주가 하락 등이 발생할 가능성을 말한다.

• 여성 · 평화 · 안보에 대한 UN 안전보장이사회 결의 1325호 (2000. 10, 31)

유엔 안전보장이사회 최초의 여성 관련 결의문이다. 무력분쟁으로 인해 불리한 상황에 처한 이의 대다수가 민간인들, 특히 여성과 아동들이므로 평화안전 · 안보와 관련된 정책결정 집행에 여성들이 동등하게 참여하도록 하고, 그 모든 단계에서 여성대표를 증원할 것을 회원국에게 촉구하고 있다.

• 완전하고 검증가능하고 돌이킬 수 없는 폐기(CVID)

북한 핵무기에 대한 완전하고(Complete), 검증가능하고(verifiable), 돌이킬 수 없는 (Irreversible) 폐기(Dismantlement)를 말한다. CVID는 조지 W. 부시 미 대통령이 2003년 제시한 이래 미국이 북한에 대해 요구하는 핵 폐기의 원칙이다.

• 유엔(UN)안전보장이사회의 대북제재와 인도적 지원

현재 UN의 대북제재는 UN안보리 결의안 1718호에 의거하여 설립된 '1718위원회'에 의해 집행되고 있다. UN안보리의 대북제재조치 유형에는 △수출금지품목 확대 △경협사업 금지 △해외 북한노동자 고용허가 금지 △금융지원 및 거래 금지가 있다.

UN안보리의 대북제재는 2016년 3월 2일에 채택된 결의안 2270호를 기점으로, 대량살상무기 관련 인물과 기업 등만을 제재하는 수준에서 북한경제 전반에 타격을 주는 방향으로 성격이 변화되었다. 가장 최근인 2017년 12월에 통과된 안보리 결의 2397호는 북한의 원유 수입, 해외 노동자 파견 등을 제한할 뿐만 아니라 수출금지품목에 섬유제품, 식용품, 농수산물, 토석류, 목재류, 전자기기까지 포함시켰다.

유엔의 대북제재 결의안 2397호 25항에 따르면 대북제재 결의안은 북한 내 주민들의 인도 주의적 상황에 부정적인 영향을 끼치거나, 북한 내에서 주민들을 위해 지원과 구호 활동을 수행하는 국제기구와 NGO 활동을 제한할 의도가 아님을 밝히고 있다. 결의안은 오히려 국제기구 및 NGO 활동을 촉진하거나 제재 면제가 필요할 경우 활동 사안별로 제재를 면제할 수 있음을 명시하고 있다. 그러나 실제 인도지원을 제공하는 국제기구들은 인도적 지원에 대한 제재면제 규정이 까다로운 제재 조항으로 인해 실효를 보지 못하고 비판하고 있다.

유엔식량농업기구(FAO)의 '2019 북한의 인도주의 필요와 우선순위(DPR Korea, Needs and Priorities 2019)' 보고서는 "북한에 가해진 UN안보리의 제재가 인도적 활동에 제한된 면제를 수용하고 있지만, 지원 단체들은 사업을 진행함에 있어서 재원부족, 지원 자금 조달 경로의 부재, 제한적인 지원물자 공급 경로 등 의도치 않은 어려움에 처해있다. 일상적인 운영경비를 지불하기 위해 존재하던 금융 채널은 2017년 9월 부로 차단되었다. 그 이후로 대체 채널을 찾으려는 시도들이 있었지만 현재까지는 성공을 거두지 못했다. 공급자들은 또 복잡한 절차 출항 면장의 지연, 높은 비용, 평판 위험(reputational risks) 등의 요인들로 인해 반입에 소극적일 수 있다. 협력 가능한 공급자가 제한적인 상황 하에서 물자확보 비용 역시 증가해왔다"고 지적하고 있다.

[참고] 안보리 결의 연혁

- 안보리 결의 1695호: 미사일 발사에 따른 제재 (2006.7)
- 안보리 결의 1718호: 1차 핵실험에 따른 제재 (2006.10)
- 미사일 발사에 따른 제재 (2009.4)
- 안보리 결의 1874호: 2차 핵실험에 따른 제재 (2009.6)
- 미사일 발사에 따른 제재 (2012.5)
- 안보리 결의 2087호: 미사일 발사에 따른 제재 (2013.1)
- 안보리 결의 2094호: 3차 핵실험에 따른 제재 (2013.3)
- 안보리 결의 2270호: 4차 핵실험에 따른 제재 (2016.3)
- 안보리 결의 2321호: 5차 핵실험에 따른 제재 (2016.12)
- 안보리 결의 2356호: 미사일 발사에 따른 제재 (2017.6)
- 안보리 결의 2371호: 미사일 발사에 따른 제재 (2017.8)
- 안보리 결의 275호: 6차 핵실험에 따른 제재 (2017.9)
- 안보리 결의 2397호: 미사일 발사에 따른 제재 (2017.12)

• 6.12 북미 싱가포르 선언, 2018

미국의 트럼프 대통령과 북한 김정은 국무위원장이 2018년 6월 12일 싱가포르에서 첫 정상 회담을 가진 후 발표한 공동선언이다. 트럼프 대통령은 북한에 안전보장을 제공할 것을 약속했고, 김정은 위원장은 한반도의 완전한 비핵화를 위해 흔들림 없는 굳건한 노력을 재확인하면서 4개항에 합의했다. 4개항은 △새로운 북미관계의 수립 약속, △항구적인 평화체제의 구축 노력, △4.27선언의 재확인과 완전한 한반도의 비핵화 노력, △미 전쟁포로 및 실종자 유해의 송환이다.

• 6.15 공동선언(2000)

6.15공동선언은 남한 김대중 대통령과 북한 김정일 위원장이 2000년 6월 13일~15일 역사 상 첫 남북정상회담 이후 발표한 공동선언이다. 주요골자는 △통일문제를 우리민족끼리 자주적으로 해결 △남측의 연합제안과 북측의 낮은 단계 연방제안의 공통성 인정하고 이 방향에서 통일을 지향 △인도적 문제의 조속한 해결 △경제협력(개성공단, 금강산 관광 등 포함)과 제반 분야의 교류협력(개성공단, 금강산 관광 등 포함) △빠른 시일 안에 당국대화 개최 등 5개항이다.

• 6자 회담 9.19 공동성명, 2005

2002년 2월 미국의 제임스 켈리 특사가 제기한 북한의 '고농축우라늄 개발'의혹에 대해 북한이 사실상 시인하면서 발생한 2차 한반도 핵위기를 해결하기 위해 6개국(북한, 미국, 남한, 중국, 일본, 러시아)이 2003년 8월부터 시작한 6자회담 결과 2005년 9월 19일 채택된 공동합

의문이다.

이후 우여곡절 끝에 2.13합의(1단계 이행), 10.3 합의(2단계 이행 계획)까지 진전되었으나 '검증'을 둘러싼 논란 속에 중단되었다.

구분		협의내용
한반도의 검증가능한 비핵화	북한	• 모든 핵무기와 현존하는 핵계획 포기 • 조속한 시일 내에 핵확산금지조약기구(NPT), 국제원자력기구(IAEA)에 복귀 • 한반도 비핵화 선언 존중
	미국	• 핵무기 또는 재래식 무기로 북한을 공격할 의사가 없음을 공약
	남한	• 핵무기를 접수, 배치하지 않겠다고 약속 • 남한영토에 핵무기기가 없다는 사실을 확인 • 한반도 비핵화 선언 존중
	6자 모두	• 북한의 평화적 핵 이용권리 주장을 존중 • 적절한 시기에 대북 경수로 제공 문제를 논의
관계개선		• 북미간 각자의 정책에 따라 관계정상화 조치 • 북일간 과거사와 현안해결을 기초로 관계정상화
에너지/무역 협력		• 남한, 북한에 대한 2백만 킬로와트의 전력공급 제안효력 재확인 • 5자, 북한에 에너지 지원 제공 의사 표명
항구적 평화와 안정 보장		• 직접 관련 당사국들은 적절한 별도 포럼에서 한반도 평화체제 협상 • 6자는 종북아시아에서의 안보협력 증진을 위한 방안과 수단을 모색
이행방법		• '공약 대 공약', '행동 대 행동' 원칙

• 이슬람 국가(IS, Islamic State)

이슬람 국가는 일반적으로 이슬람을 국교로 하는 나라를 일반적으로 일컫는 말이지만, 2003년 이래 이라크 등지에서 활동해온 무장그룹의 명칭이기도 하다. 2003년 이라크 전쟁 이후 이라크로 진출한 급진 수니파 무장단체 중 일부가 2011년 시리아 내전을 계기로 이라크와 시리아를 중심으로 세력을 확장하면서 이슬람국가(IS)창설을 선언했다. 알카에다 등 다른 테러단체와는 영토를 선포하고, SNS를 활용하여 전 세계에서 '전사'를 모집해오고 있다.

민간인과 군인을 가리지 않고 참수 등 극단적 방법으로 처형하는 동영상을 배포하는 등의 행 위로 논란을 일으켰다. 2015년 파리 동시다발 테러, 2016년 브뤼셀 테러, 2017년 맨체스터 테러 등을 주도한 것으로 알려져 있다.

• 인도적 지원

인재나 자연재해로부터 통상 생명을 구조하고, 고통을 경감하며, 인간의 존엄성을 보호하는 활동으로 기아나 난민 등에 대한 구호활동이 모두 해당된다.

• 제네바 기본합의(Agreed Framework), 1994

1993년 북한의 NPT(핵확산금지조약) 탈퇴 선언 등으로 시작된 제1차 핵위기를 해결하기 위 해 북한과 미국의 고위급회담의 결과, 1994년 10월 21일 제네바에서 채택된 합의서이다. 미국은 북한에 대한 핵무기 위협과 사용을 하지 않겠다는 것을 공식적으로 보장하고 북한의 흑연감속로(graphite-moderated reactor)를 대체하는 2기의 경수로(light-water reactor) 제공을 지원하고 경수로가 완공되기까지 에너지 부족분을 보충하기 위한 연간 50만톤의 중유를 공급할 것 등을 약속했고, 북한은 자신들의 핵 프로그램을 동결, 핵확산방지조약(NPT)으로의 단계적 복귀와 한반도 비핵화 공동선언의 이행을 약속했다. 또한 쌍방

은 정치 및 경제관계를 완전히 정상화할 것을 합의했다

• 7.4 남북공동성명, 1972

박정희 대통령 재임기간 중인 1972년 7월 4일, 서울과 평양에서 동시 발표된 최초의 남북합 의문이다. 남한의 이후락 중앙정보부장과 북한의 김영주 당조직지도부장 및 박성철 제2부수상의 비밀교섭을 통해 합의되었다. 통일의 3대 원칙으로 자주, 평화, 민족대단결을 천명하고, 남북간 상호 실체를 인정하여 상호 중상비방 및 무장도발을 중단하기로 하고 남북관계를 협의하기 위해 남북조절위원회 등을 설치하기로 합의했다.

• 평화협정(Peace Accord)과 평화체제

평화협정은 전쟁을 치른 당사자가 전쟁을 종결시키고 평화를 회복하기 위해 맺는 조약으로 불가침 경계선을 설정하고 적대 행위를 하지 않는다고 약속하는 것이며, 평화체제는 평화협정 등의 제도적 장치를 바탕으로 적대행위가 사라지고 전쟁의 가능성이 없는 상태를 말한다.

• 한미군사훈련

대표적인 군사훈련으로는 키리졸브 및 독수리 훈련, 쌍용훈련, 맥스썬더(Max Thunder) 훈련, 을지프리덤가디언(Ulchi-Freedom Guardian) 훈련 등이 있다.

키리졸-독수리 훈련은 북한과의 전면전에 대비한 한미 연합 전쟁수행능력 점검 및 미증원 전력 전개를 점검하는 훈련이다. 2016년 이후에는 '작전계획 5015'에 따라 북한의 핵과 미사일 시설 선제타격, 핵우산 전개, 북 수뇌부 제거 등을 훈련해왔다. B-2핵폭격기, 핵추진항모 및 핵 잠수함, F-22 스텔스 전투기 등이 참여해왔다.

쌍용훈련은 한미 연합상륙훈련이나 북한 상륙 후 평양 점령을 훈련한다. 맥스썬더 훈련은 연 한미 공군훈련으로, 제공권 장악과 폭격 능력 확보 훈련이다. 2018년에는 F-22 스텔스 전투기 8대가 참여했다. 을지 프리덤가디언 훈련은 한반도 우발상황 발생 시 한미 연합군의 협조절차 등을 숙지하는 한 · 미 합동 군사연습이다.

• 한반도 비핵화 선언, 1992

1992년 1월 20일 남북한이 국제적 쟁점이었던 한반도 비핵화문제를 타결, 채택한 〈한반도 비핵화에 관한 공동선언〉이다. 제5차 남북고위급 회담에서 핵문제 논의 진전에 따라 이루어진 이 선언은 전문과 ①핵무기의 시험 · 생산 · 접수 · 보유 · 저장 · 대비 · 사용 금지 ②핵에너지의 평화적 이용 ③핵재처리 및 농축시설 보유금지 ④핵통제공동위원회 구성 ⑤비핵화 검증을 위한 상호동시사찰 ⑥효력발생 등 6개학으로 구성 돼 있다.

• 한반도 신경제구상

현 정부가 내건 국정과제의 하나로 서해 · 동해 · 접경지역에 3대 경제협력 벨트를 구축해 남북한을 하나의 시장으로 통합하고 이를 주변 국 경제권과 연결한다는 구상이다.

• 핵태세검토보고서(Nuclear Posture Review)와 핵선제공격

미국 정부가 매 8년마다 발행하는 핵전략검토보고서(1994년 2002년 2010년 2018년 발행)이다. 특히 조지 W. 부시 행정부에서 2002년 발행한 핵태세검토보고서는 중국, 러시아, 이라크 이란, 북한, 리비아, 시리아 등 7개국에 대해 핵무기를 선제 사용할 수 있음을 명시하고 있다. 이 중 유사시 북한에 대한 핵선제공격 방침은 2010년, 2018년 핵태세검토보고서에서도 유지되고 있다.

차종환 (車鍾煥) (Cha, Jong Whan)

1. 학력

· 강진 농고 (현 전남생명과학고교) 1951~1954
· 서울대학교 사범대학 생물학과 1954–58
· 서울대학교 대학원(석사과정) 1958–60
· 동국대학교 대학원(박사과정) 1962–66
· 이학박사 학위수령(도목생육에 미치는 초생부초의 영향, 동국대) 1966
· UCLA 대학원 Post Doctoral 과정 3년 이수 1975–77
· 교육학박사 학위수령 (한미교육제도 비교 연구, P.W.U.) 1986

2. 경력

· 서울대 사대부속 중고교 교사 1959–67
· 사대, 고대, 단대, 건대, 강원대, 이대강사 1965–70
· 동국대 농림대 및 사대교수 1965–76
· BYU(H.C.) 초빙교수 및 학생 1970
· Bateson 원예 대학장 1971–72
· UCLA 객원교수 1971–74
· 해직교수(동국대) 1976, 30년만에 명예회복(2006)
· 한미 교육연구원 원장 1976–
· UCLA 연구교수 1977–92
· 남가주 서울사대 동창 회장 1979–80
· 남가주 호남향우회 초대, 2대 회장 1980–82
· 남가주 서울대 대학원 동창 회장 1980–83
· 평통 자문 위원 30년 이상
· 한미 농생물 협회장 1983–99
· 차류 종친회 미주 본부장 1984–1990
· 남가주 서울대 총동창 회장 1985–86
· 남가주 서울대 총동창회 고문 1986–
· 국민 화합 해외동포 협의회 명예회장 1990–
· 미주 이중국적 추진위원회 위원장 1993
· 평화문제연구소(한국)객원 연구위원 및 미주 후원회장 1994–
· 우리 민족 서로 돕기 운동 공동 의장 1997–

- 한국 인권문제 연구소 L.A 지부 고문 1998–
- 한반도 통일 연구회 부회장 및 미주 본부장1998–
- 한국 인권 문제 연구소 중앙 부이사장 및 수석 부회장 2000–2002
- 재외 동포법 개정 추진 위원회 공동대표 (L.A 및 한미) 2001–
- 한국 인권문제연구소 L. A지회 회장 2002–2004
- 한미 인권 연구소 중앙 이사장 2005–2007
- 재미동포 권익향상 위원회 공동대표 2004 –
- 미주 한인 재단 회장 서리 및 이사장 2004 – 2006
- 한미 평화 협의회 회장 2005 –2007
- 6.15 미주 공동위 공동 대표 2007
- 한인 동포 장학재단 이사장 2006–2007
- 민화협 (미서부) 상임고문 2007
- 한미 인권 연구소 (중앙) 소장 2007–2009
- 공명선거 협의회 공동 대표 (한국) 2007–
- 민주평통 L.A. 지역협의회장 2007.7.1–2009.6.30
- 한미 허브 연구소 발기인 대표 2011. 4. 21
- 우리영토 수호 회복 연구회 명예회장 2011. 9
- 세계 한인 민주회의 상임고문 2011
- 독도 아카데미(독도수호국제연대)정책기획자문위원2013
- 개헌촉구미주본부 본부장 2016.7.8
- 3.1 운동 100주년 기념 정부 및 민간 단체에서 민족대표 및 상임고문 위촉

3. 수상 및 명예
- Who's Who in California 16판(86)부터 계속 수록
- 교육 공로상 수령 (제1회 한인회 주체) 1987
- 우수 시민 봉사단 수령 (L. A시 인간관계 위원회) 1987
- 퀴바시에 북미주 한국인 지도자상 1993
- L. A시 우수시민 봉사자상 (L. A시 의회) 1994
- 국무총리 표창장 (대한민국) 1995
- 대통령 표창장 (대한민국) 2001
- 에세이 문학 완료 추천 문단 등단 2003년 가을
- 대통령 훈장 (국민훈장 목련장) 2005. 12
- 대통령 공로상 2009. 6
- 한국 기록원: 최다 학술논문과 최다 저서분야에 인증됨 2013.7 (한국 국회에서)
- 감사패, 공로패, 위촉패, 추대장 등 147

4. 저서 목록 (공저, 편저, 감수 포함)

[한글 저서]

6. 植物生態學 (문운당, 1969)

10. 農林氣象學 (선진문화사, 1973)

11. 토양 보존과 관리 (원예사, 1974)

12. 農生物統計學 (선진문화사, 1974)

13. 最新植物生理學 (선진문화사, 1974)

14. 韓國의 氣候와 植生 (서문당, 1975)

15. 環境오염과 植物 (전파과학사, 1975)

16. 放射線과 農業 (전파과학사, 1975)

17. 最新植物生態學 (일신사, 1975)

18. 生物生理生態學 (일신사, 1975)

[번역서]

26. 침묵의 봄(Ⅰ) (세종출판사, 1975)

27. 침묵의 봄(Ⅱ) (세종출판사, 1975)

[영문 전서]

28. Radioecology and Ecophysiology of Desert Plant at Nevada Test Site (U.S.A.E.C. 1972)

29. Iron Deficiency in Plants (S.S & P.A. 1976)

30. Phytotoxicity of Heavy Metals in Plants (S.S. & P.A. 1976)

31. Trace Element Excesses in Plant (J.R.N. 1980)

32. Nevada Desert Ecology (BYU. 1980)

33. Soil Drain (Williams & Wilkins, 1986)

34. Interaction of Limiting Factors in Crop Production (Macel Derkker, 1990)

[한국어 저서 속]

52. 갈등 그리고 화해 (국민화합해외동포협의회, 1990)

54. 백두산, 장백산, 그리고 금강산 (선진문화사, 1992)

86. 이것이 미국 교육이다 (나산출판사, 1997)

87. 가정은 지상의 천국 (기독교 문화사, 1997)

90. 21세기의 주인공 EQ (오성출판사, 1997)

91. EQ로 IQ가 휘청거린다 (오성출판사, 1998)

95. 백두산의 식물생태 (예문당, 1998)

101. 묘향산 식물생태 (예문당, 1999)

[근간]

1. 군 위안부
2. 북한 농업 정책과 식량문제
3. 조 · 중 · 러의 접경지역을 가다.
4. 동서 문화 비교
5. 5·18운동의 진실과 왜곡
6. 생태학적으로 본 독도
7. 태국 관광
8. 페루 관광
9. 아르헨티나 관광
10. 브라질 관광
11. 이스라엘의 천재교육
12. 이스라엘과 주변 국가의 갈등
13. 통일 문제의 문답
14. 평화 통일에 대한 진보와 보수의 생각
15. 평화통일 교육

※ 본 저서 목록의 앞 숫자는 저자의 저서 출판 년도별 순서이고 누락된 번호의 저서는
  본저서와 관계가 적은 책입니다.

에드워드 구 (Edward Koo)

1. 학력
- 캘리포니아 주립대 L.A. 경제학과(CSULA)
- 광주 서석고등학교(5·18 민주화운동 당시 걸어 산을 넘어 화순으로 피신)

2. 경력
- 전라남도 미국 자문관
- 광주 서석고 총동문회 부회장
- 한국보이스카웃(범 스카웃)
- 명예홍보대사&자문위원 : 제주도 유네스코 7대경관, 여수시 국제해양 엑스포, 순천가든 엑스포, 광양경제특구(GFEZ), 제주도 명예도민

3. 미국 경력
- 한인장학재단 이사장
- 캘리포니아 주립대 L.A. 경영대학/원 자문위원
- 한국 민주당 세계민주회의 및 민주연합 L.A. 공동대표
- 마틴 루터 킹 덤 데이 퍼레이드 한인위원장 등 25년 봉사
- 한국바둑국기원 미국협회 & 미국 와인클럽 '와인과 사람' 창립멤버
- 올림픽 라이온스 클럽 & 피오피크 코리아타운 도서관 후원회 이사
- 미주한인상공회의소 총연합회 자문 위원장(2005~2017)
- 미주한인민주당 총연합회 회장(오바마 대통령/2013~2015)
- 로스엔젤레스 한인상공회의소 회장(2011~2012)
- L.A. 경찰국 올림픽경찰서 후원회 창립회장(LAPD OBA/2008~2009)
- 미국 아시안부동산협회 2008 부동산 컨벤션 대회장(2008)
- 미국 아시안부동산협회 L.A. 지역 창립자(AREAA/2008)
- 미국 한인부동산협회 회장(2007)
- 한인연방크레딧은행 이사
- 남가주 호남향우회 회장
- 남가주 5.18 행사 준비위원장
- 한인인권문제연구소 중앙 감사
- 김대중 대통령 후보 미주후원회 사무총장

- 민주평화통일자문회의 L.A. 지역협의회 부회장, 총무간사 및 전문위원
- 로스엔젤레스 & 오렌지카운티 초대 청년기독실업인회 회장(yCBMC)
- 미국 이민 100주년기념행사 및 로즈퍼레이드 행사위원장
- 로스엔젤레스 한인회 총무이사
- US Army(미군) 근무(1984~1987)/ 한인미군재향군인회 이사

4. 수상
- 대통령 표창장(2013) 외 다수

5. 저서
- 5·18민주화 운동 이야기, 프라미스. 2018

박상준 (Jay Sangjoon Park)

- 월셔 Jay Park 종합보험(주)대표 1982 창립
- 리버티 시니어보험 대표 2010년 창립
- USKN Multi Media Group 전략사업 본부 사장

1. 학력
- 재 남미 파라구아이국 돈 보스코재단 El Sagrado Corazon de Jeses 고등학교 졸
- 1975년 재 남미 파라구아이 국 Nuestra Senora Asuncion 대학입학
- 1977년~1980년 Immaculate Heart College Los Angeles, CA, USA. B.A(서반아문학전공)
- 1979년 Cal State LA Teacher Preparation Course 수료

2. 경력
- 2014년 현재 LA Pico Union Neighborhood Council President
  피코유니온 주민의회의장(선출직)
- 2006년~현재 : 한미 우정의 종 보존 위원회 회장
- 2017년 ~현재 : 민주평통 L.A. 협의회 18기 대외협력부회장(정치력신장위 위원장 겸임)
- 2002년 로스엔젤레스 라이온즈 클럽 한인엽합회 회장 역임
- 2000년 미주한인 재정보험인협회(KAIPA) 회장 역임(15대)
- 2009년 노무현 대통령기념사업회 회장 역임
- 2007년 정동영 대통령후보 미주 후원회 공동대표

· 2009년 대한민국 제 15대 김대중 대통령 추모위원회 미주집행 위원장 역임

· 2009년 민주개혁연대 미주연대 및 서부지역 연대 대표 역임

· 2012년 ~2016년 한미 인권연수고 전국소장 역임

3. 포상 및 저서

· 1988년 국제라이온즈 Club표창 Melvin Jones Award 수상

· 저서 : 태국의 명소와 명문대학

장병우 (Alex Chang)

학력 및 경력

· 1983년 중앙대학교 경영대학 졸업

· 1983년 대우그룹 입사

· 2004년 L.A. 한길교회 장로(현)

· 2016년 제 17기 민주평통 LA협의회 국제협력 분과 위원장

· 2018년 제 18기 민주평통 LA협의회 부회장(현)

· 2018년 중앙대학교 남가주 동문회 회장(현)

· 2018년 LA 올림픽 라이온즈(현)

· 2018년 SACC 오일 판매 및 부동산 투자회사 운영(현)

· 2018년 Byung Corpolation 대표(현)

· 저서 : 태국의 명소와 명문대학

진보와 보수가 본 평화통일

인쇄일	2020년 5월 10일
발행일	2020년 5월 15일
편저자	차종환(한미 교육연구원 원장)
	에드워드 구 · 박상준 · 장병우
대　표	장삼기
펴낸이	백선영
펴낸곳	도서출판 사사연
등록번호	제10-1912호
등록일	2000년 2월 8일
주소	서울특별시 금천구 독산로38길 6, 101호(시흥동)
전화	02-393-2510, 010-4413-0870
팩스	02-393-2511
인쇄	성실인쇄
홈페이지	www.ssyeun.co.kr
이메일	sasayon@naver.com

값 15,000원
ISBN 979-11-89137-06-9　03890